T0349169

La ciudad prometida

La ciudad prometida

Valentina Şcerbani

Traducción del rumano a cargo de
Marian Ochoa de Eribe

IMPEDIMENTA

Título original: *Orașul promis*

Primera edición en Impedimenta: octubre de 2023

ISBN: 978-84-19581-21-1
Depósito Legal: M-19868-2023
IBIC: FA

Impresión: Kadmos
P. I. El Tormes. Río Ubierna 12-14. 37003 Salamanca

Impreso en España

Impreso en papel 100% procedente de bosques gestionados de acuerdo con criterios de sostenibilidad.

a Alex, en la tierra
a mi madre, en el cielo

«Hay pecados o (llamémoslos como los llama el mundo) malos recuerdos que el hombre oculta en los lugares más sombríos del corazón, pero que permanecen allí aguardando. Él quizá permita que su memoria se oscurezca, los deje estar como si nunca hubieran sido y llegue a persuadirse de que no fueron o al menos de que fueron de otro modo.»

Ulises, James Joyce[1]

«Y llega una noche en que todo ha acabado, cuando tantas mandíbulas se han cerrado sobre nosotros que ya no tenemos fuerza para resistir, y la carne nos cuelga del cuerpo, como si todas las bocas la hubieran masticado.»

Trópico de cáncer, Henry Miller[2]

1. Traducción de José María Valverde (Editorial Lumen, 1976)
2. Traducción de Carlos Manzano (Editorial Alfaguara, 1978)

Uno

Esta mañana me he despertado vomitando agua. Me he sentado en el borde de la cama hasta encontrarme mejor, luego me he dado cuenta de que me dolían los brazos y de que estaba sudando. ¿Ha muerto mi madre? He soñado que un hombre me traía un sobre negro con una postal en la que ponía en ruso *Твоя мамь умерла. Приезжсай скорее.*[3] Parecía estar lloviendo. Y las gotas de lluvia no rompían contra la superficie de madera delante de la casa, sino que se desperdigaban en muchas gotitas, gelatinosas, de mercurio.

Aquí, en nuestra ciudad, llueve raras veces. Dicen que el otoño de aquí es bonito. Hay un lago ceniciento en las inmediaciones, y a unos pocos kilómetros están las Cien Lomas y el Bosque de Robles o, como también lo llaman, el País de las Garzas. La garza real, la garza negra y la garceta

---

3. «Tu madre ha muerto. Ven rápido.» *(N. de la A.)*

anidan desde hace muchos años, pero, al igual que todos los demás, se marcharán dentro de poco. *Los pájaros vienen y van,* me decía mi madre, *sin preocuparse por nada.* Me he acercado a la ventana y he corrido la cortina. El sol se contraía delante del cristal con las venas hinchadas, a punto de reventar. Mi madre habría dicho: *No pasa nada, las varices tienen un origen genético, pero, en su caso, es cosa de la edad.* Aquí, en su ciudad, la mañana empieza muy temprano. Todo empieza muy temprano.

El cielo vestía una sombra nacarada, y el horizonte se mostraba salpicado de leche. Estábamos a comienzos de septiembre y la tristeza del otoño cumplía su destino.

Quería ver a mi madre inmediatamente.

En el aparador he encontrado una hoja de cuaderno en la que ponía «En la fábrica. La comida está en el frigorífico». La he guardado en el cajón junto a las otras veinticinco de este mes, con la misma información. Generalmente, ahí había extractos bancarios, libretas y sobres vacíos. Tenía todavía las mejillas sucias, y las manos rígidas, con las uñas talladas en madera. En el vestíbulo olía a harina de pescado. Yo olía a harina de pescado.

El sueño me atemorizaba. Era una señal premonitoria, un aire de muerte. De muerte temprana que soplaba en mi nuca. Me he sentado en un taburete y me he abrazado las rodillas con las manos. Durante varios minutos me he acunado con los ojos cerrados, intentando volver a ver el sueño con detalle. Era un sueño verdadero; a veces incluso la realidad es más ilusoria, más pálida. El hombre parecía un cartero o, más bien, el revisor de un tren. Pantalones, chaqueta, corbata y gorra. Al entregarme el sobre, tenía ojos de armiño. Así es; antes de él no había visto a ningún hombre con ojos de armiño. No consigo recordar su voz, creo que no tenía nada que decir. Pero su chaqueta y sus zapatos estaban llenos de barro, prueba de que había venido andando.

Sentía que me ahogaba por lo extraño del sueño y en vano intentaba zafarme de él; veía claramente la postal. He vuelto a la habitación y he hurgado en todos los cajones. Esperaba encontrar otra prueba de mi enfermedad. Los he vaciado todos y no he encontrado nada más que unos vales de restaurante, felicitaciones de navidad, fotografías antiguas, documentos, unas tijeras y unas hojas de cuaderno dejadas por la Señora. Un tufo a tabaco barato me ha envuelto y me han dado arcadas. En la cocina reinaba el silencio y he sentido por primera vez cómo todas las lágrimas se derramaban por el interior de mi cabeza. Un puñado de sal desparramándose por mis oídos.

Entonces he salido corriendo a la calle. He perdido el autobús y he ido caminando. No recuerdo las calles demasiado bien, solo el sentimiento de que estaban desiertas. Las cornejas volaban bajo, un vuelo a ras de suelo, y los caracoles sin casa trepaban por las vallas.

Cerca de la fábrica, dos mujeres gordas lanzaban cubos de agua al camino para aplacar el polvo y el bochorno. Ambas llevaban zapatos desgastados.

En la Fábrica de Pan el portero se columpiaba en un balancín improvisado.

—¿A donde la Señora?

—A donde la Señora.

Parecía un mamut peludo de la última era glacial. Además de la papada que rodeaba su cuello, de los hombros caídos y de una tupida melena, el portero caminaba pesadamente, arrastrándose, como un hombre sin casa. Me ha conducido a una sala en la que había cuatro mujeres con bonetes en la cabeza. Rellenaban de nata unos relámpagos en forma de cisne. He empezado a sudar de nuevo, esta vez por culpa de los hornos. Me he secado con la manga las gotas de sudor de la frente antes de que alguien se fijara en ellas.

«Come todos los que quieras», me dice una mujer enjuta, mientras que otra, desplegando un abanico, comenta: «El calor, Ileana, es el enemigo más temido».

Una radio anunciaba el empeoramiento del tiempo. Al otro lado, unas mujeres bajitas amasaban. Una tenía unos ojos menudos como dos canicas carbonizadas y secas, otra tenía un rostro ovalado y pálido. Las dos, en cambio, llevaban por debajo vestidos de terciopelo. Y medias blancas de seda. El cabello les llegaba hasta la cadera. *El cabello largo es señal de nobleza,* habría dicho mi madre, *pero la nobleza también pasa.* Un hombre delgaducho vaciaba un carro de bandejas y las cargaba en unos estantes de hierro.

—Esta semana nos sacaremos unos dos mil *lei* —dice sin que le pregunte nadie.

—Estaría mejor que te la sacaras igual de bien por la noche —le corta la mujer de ojos como canicas. Las otras ríen y se dan codazos. Un crujido metálico ahoga las carcajadas.

—Tenemos un pedido del Gobierno —le responde secamente el hombre.

Parecía pobretón, aunque las mujeres decían que tiene dinero. También la Señora tiene dinero, pero se comporta como los pobres. Yo odio a los pobres por su mirada triste. Imploran sin decir una palabra. Tienen las manos tendidas incluso cuando las llevan en los bolsillos. Solo mi madre no se parece a los pobres. No tiene defectos. Muestra bajo los ojos el cansancio de las cosas comprendidas enseguida.

Las mujeres siguen trabajando en silencio. Con los rostros crispados y mustios. Sus ojeras crecen. Rellenan dos cisnes por minuto. Una mira el reloj.

—No te preocupes, los terminaremos para esta tarde —susurra la otra.

Me he sentado a la mesa para esperar a la Señora. Me he portado bien, no me he reído, no he comido, así debe comportarse una chica. Me ha llamado una mujer para enseñarme las amasadoras y cómo se hace el pan. Unas máquinas motorizadas dosificaban la masa en panes de forma cuadrada. Siempre he comido pan de forma cuadrada. Luego, los dejaban fermentar en un lugar especial y, finalmente, los cocían en los hornos. Han debido de pasar un par de horas hasta que ha aparecido la Señora. En bata blanca, con el cabello amarillento, con la mirada serena. Me ha preguntado por qué había venido. «Te he dejado comida en el frigorífico.» «He soñado que mi madre había muerto», le he respondido.

Las ruedas del carro crujían en el pasillo. Su mugido iba acompañado de unos monosílabos lúgubres. La Señora me ha cogido las mejillas entre las manos. «¿Has atravesado toda la ciudad para decirme que tu madre ha muerto?» Una de las mujeres me ha mirado sin dejar de trabajar. El hombre se ha despojado, delante de ellas, de los pantalones, la camisa, las botas y ha arrojado todo a un fregadero lleno de agua. Me he inclinado para susurrarle a la Señora al oído:

—Ha sido un sueño verdadero, Señora.

—Ileana, los sueños verdaderos no existen. Tu madre no ha muerto. Va a venir —me ha respondido la Señora, la amiga de mi madre.

Era, al parecer, jueves.

Dos

Los vecinos tomaban raki y disfrutaban de todo lo que veían a su alrededor. Reían incluso cuando les soltaban codazos en las costillas a las mujeres para poder tener, a continuación, una excusa para pedirles perdón. Ellos eran hombres y, a su manera, se permitían hacer lo que les daba la gana. Aquí las pérdidas, por grandes que fueran, seguían siendo solo pérdidas. Las mujeres, en cambio, odiaban a las otras mujeres, pero conseguías acostumbrarte a cualquiera. El mundo era bello a pesar de todas sus monstruosidades. La última vez que vi a mi padre beber raki, me hizo un agujero en el abrigo de lana. La oscuridad había lamido su rostro y se lo iluminaba. Su silla era demasiado alta y la ceniza de su cigarrillo nevó sobre mis brazos, sentada como estaba yo, obediente, en sus rodillas. Sucedió hace mucho, pero veo todavía ahora el cenicero, una antigua lata de conservas, llenándose de colillas. Sus amigos no tenían dientes y mi padre los tenía cubiertos de sarro. Mi madre, pobrecita, me decía: *Incluso aunque solo sueñes que tomas raki, te sucederán muchas desgracias.* Cuando le pregunté por qué, me respondió: *Por culpa de la fruta fermentada.*

Naturalmente, desde su altura de hombre gigante, mi padre conseguía seducir a cualquier mujer. Primero las paseaba en su Volga, el primer Volga de la ciudad, y luego en la motocicleta rusa con sidecar. Al principio, ellas se anudaban el pañuelo en la parte superior de la cabeza, sobre la frente, pero, al final, lo anudaban debajo de la barbilla. Cuando quieren comentarle a mi padre algo sobre mí, casi todas le dicen: *Твой ребенок сирота при живом отце.*[4]

Así pues, mientras miraba a los vecinos que tomaban raki en el patio del bloque y se lo pasaban bien, detrás de mí apareció Voica, de la casa de al lado, una joven enferma, de piernas largas y muy blancas. «¿Sabías que en nuestra ciudad hay una familia entera con labio leporino?», dijo con una sonrisa infantil, con todos los dientes machacados, con la lengua destrozada, con las mejillas enrojecidas y los ojos pequeños, dos pipas de sandía. Llevaba un amplio vestido a rayas. Me asusté y eché a volar sobre los pedruscos grisáceos y sobre los socavones, por callejuelas cubiertas de polvo, junto a la escuela, junto al cementerio con búhos, junto a la tienda de Melinte. En la calle contigua dos perros ladraban al sol escondido entre las hojas ovaladas del aliso, pegajosas y velludas, como dos manos de hombre que sostuvieran una bola en las palmas.

Entonces las vi.

4. «Tu hija es una huérfana con un padre vivo.» *(N. de la A.)*

Lo recuerdo como si estuviera sucediendo ahora mismo. Todo ocurrió tan rápido que no me di cuenta de que, de hecho, me estaban buscando a mí. Al principio eran dos puntos. Luego pasó el autobús y las cubrió con una pesada nube de polvo. Y volví a verlas. Las vio toda la gente de la ciudad.

Dos mujeres venían en bicicleta. A unos diez metros de distancia las reconocí. Eran las hermanas de mi madre. No había imaginado ni un solo instante que volvería a verlas. Llevaba tanto tiempo sin verlas que se me había olvidado incluso que existían. No tenía ningún motivo para esperarlas, no tenían ningún motivo para esperarme. Pero allí estaban, de carne y hueso.

—Ileana, mírala, Ileana —gritó de repente Maria, la hermana mayor.

—Es Ileana —confirmó la Otra, inclinándose hacia mí para hablar.

Varios jubilados se arremolinaron en torno a nosotras. Se comportaban como unos niños hipnotizados que vieran por primera vez a dos personajes disfrazados. Farfullaron algo entre dientes y al cabo de unos minutos se alejaron dejando a su paso un silencio abrumador. No dije nada, aunque la llegada de las hermanas de mi madre me inquietó. Una leve tristeza cubrió mis huesos de repente. Maria fue la primera en saltar de la bicicleta, en medio del camino, con las manos metidas en los bolsillos, con las piernas separadas. Tenía el cabello rojo y los labios morados, unas perlas verdes, una camiseta color sangre, una falda negra y medias amarillas. Sacó de una pitillera metálica un cigarrillo rosa, con el extremo retorcido como si fuera un caramelo. El mechero emitió un sonido extraño al encender, como si en lugar de gas líquido tuviera pólvora.

La Otra vestía una gabardina corta que ocultaba su camiseta negra casi por completo. El pañuelo cubría de forma descuidada el cabello prendido atrás de cualquier manera. Estaba guapa, con los pantalones doblados para hacer sitio a las botas bien lustradas.

El pañuelo se deslizó por su cuerpo firme hasta el suelo, *pero no lo recoge.* El sol huye hacia el cielo. Me subí a una piedra para verlas mejor.

Unos cuantos vecinos paletos salieron del café de enfrente para observarlas. Los hombres, empujados por sus esposas, se situaron más atrás, y las mujeres, con pañuelos en la cabeza, se colocaron en primera fila. Vinieron también unos cuatro jóvenes, uno de ellos tenía un rostro solemne, como si estuviera recitando un poema de amor. Al cuello llevaba colgada una inscripción: «Poeta público. Deme cualquier tema y le escribo un poema».

—¿Se la van a llevar? —preguntó una mujer.

—Nos la vamos a llevar.

Las mujeres se quedaron allí, sin alejarse demasiado, mientras que los hombres se calaron sus sombreros de paja y regresaron a sus madrigueras. Un columpio de madera crujía a lo lejos.

—Que alguien les diga que la dejen aquí —gritó de repente una vecina.

Maria miró con desprecio las toscas cabezas de las mujeres y escupió para, poco después, frotar la saliva con la punta de la bota. A continuación, la Otra dio un paso hacia adelante para decirle a la mujer en cuestión que se metiera en sus asuntos. Sacó del bolsillo un lápiz y un papel arrugado para anotar algo. Las demás mujeres me miraron apenadas, pero no protestaron, *que sea lo que tenga que ser.*

Algunas se dirigieron hacia el centro de la ciudad, los chavales desaparecieron por las callejuelas llenas de polvo, hacia el monumento a Lenin. «Apesta a comunismo y a soledad», dijo finalmente Maria, y la Otra respondió tan solo «Ajá». La ciudad se estiraba como una serpiente, desde el camino hasta las puertas de madera de acacia.

En casa, la Señora echó las cortinas «para que la luz del sol no penetre en la habitación». Dejó tan solo una ventana sin cubrir «para dulcificar el aire». Las dos hermanas me pidieron que preparara mi equipaje y que las esperara en la planta baja.

—¿Ha muerto mi madre? —les pregunté.

—No digas tonterías —respondieron a dos voces. Empecé a sollozar y me senté en el suelo, detrás de la puerta. Oía solo retazos de palabras, frases rotas, y algunos vocablos eran ininteligibles. Las tres hablaban en susurros y pocas veces elevaban el tono de voz. Empecé a darme golpes en el pecho y a respirar por la nariz, *cálmate, cálmate*.

Siguió un silencio bastante largo. Un crujido de papeles. Luego un suspiro. Después, la Señora les sirvió un café y les ofreció un kilo de levadura. Traía mucha levadura de la Fábrica y todos los vecinos la apreciaban por ello. También mantequilla. Comíamos mantequilla hasta saturarnos. Mis tías aceptaron y, además, le preguntaron si no tenía por casualidad conservas o embutidos. La Señora abrió de inmediato el armario en el que guardaba los cereales y otras exquisiteces para llenarles una caja de cartón con pasta, trigo, paté de cerdo, conservas de pescado y levadura. Embutido no tenía, pero les dio las últimas costillas ahumadas. Maria chasqueó la lengua satisfecha: «Eres la mejor amiga de nuestra hermana».

Por los ruidos y los movimientos, comprendí que se disponían a partir. Antes de cerrar la puerta, Maria le dijo a la Señora: «De acuerdo, como quieras; que se quede hoy, pero mañana nos la envías en el primer autobús».

Cuando salieron, la Señora siguió de pie durante largo rato. Tenía cuarenta y tres años. Me preguntó si estaba bien y le respondí que sí. Recuerdo que mi madre siempre me habló bien de ella. Las dos se licenciaron en la misma escuela de economía. Tenían también unas fotos en Murmansk. Y en Odesa.

Esto no es como Odesa, decía mi madre a veces, *en Odesa está el Mar Negro.* Mi madre me hablaba casi cada día sobre los lugares y las ciudades con mar adonde íbamos a trasladarnos, porque *una ciudad sin mar es una casa sin ventanas.*

Además de a Odesa, a mí me habría gustado ir a Praga. En un sueño más antiguo estuve en Praga, después de ver unas calles empedradas en una revista del *National Geographic.* El titular: «Praga es inmensa». Me alojé en casa de una mujer a la que había conocido en un sueño anterior, solo que era más joven. No sabía que la gente de los sueños envejece y se traslada de un país a otro. Incluso ellos emigran. Pero se ve que también los sueños tienen su desenlace. Cuando me vio, exclamó: *¡Ileana, cuánto has crecido!* Luego, me ofreció un helado casero. En realidad, no había probado nunca el helado casero. Era amarillo, *tiene yema de huevo.* Se estaba bien en Praga. Me habría gustado echar raíces allí.

Aquella noche, bajo el edredón, vi el cielo morado, con el sol clavado en él como un broche de oro, ni se contraía ni se dilataba. *Algún día engulliré la tierra,* decía el sol de vez en cuando, *engulliré la tierra.* Deliraba, yo no le respondía nada para que no se acabara la historia de debajo del grueso edredón. Luego, cuando se apagaban todas las luces, entraba en una casa bonita, pintada en cuatro colores, con cortinas de terciopelo y ventanales enormes, al igual que las puertas, como los bloques de cuatro pisos, y allí me quedaba horas y horas, y luego regresaba corriendo, pasando de una habitación a otra, con la esperanza de no encontrar un camino de vuelta; hasta que empezaba a temblar como un perro fiel en el borde de la cabaña, en el borde de la cama. En mi antiguo mundo, la Señora me abrazaba del hombro.

«Tu madre está bien», me acariciaba la cabeza. «Tu madre está bien», me acariciaba la cabeza.

Aquella noche me crecieron las uñas. Tenían manchas blancas.

«Te recuperarás», me acariciaba la cabeza. «Te recuperarás», me acariciaba la cabeza.

Tres

Entretanto, junto a las paredes de nuestra casa: los violines aullaban en la radio, los violines aullaban en la radio, los violines aullaban en la radio hasta que acababan fatigados, martirizados, en la menor. Tenía los brazos quemados por el sol y el cabello corto. La Señora me preparó un paquete con fruta y dos bocadillos. «Aquello es bonito. Te va a gustar. Tienes que escribirme.» El autobús llegó puntual. Podía oír los latidos de mi corazón. La Señora le dijo al chófer que me dejara en Toltre, junto al arrecife de coral. El autocar estaba cubierto de polvo, olía intensamente a gasolina y tenía las ventanillas sucias. El chófer le respondió asintiendo. Parecía uno de esos *suslik* que habitan en las regiones situadas al oeste del mar Negro, con su cabello de paja y unas manchas rojizas que le llegaban hasta debajo de los ojos. Me senté en un asiento delantero, con las piernas juntas, con las manos en las rodillas. «Irán a esperarte», me gritó la Señora y se marchó.

Sentía que se le había olvidado decir algo y, mientras la veía alejarse, esperaba que regresara de un momento a otro. Casi inmediatamente, saltó ante la parrilla metálica del parabrisas Vioca, con sus piernas blancas y unas plumas en las trenzas. Clavó sus ojos en mis ojos con la precisión de un calibrador y empezó a dar vueltas alrededor del autobús como si estuviera deshechizándome. Leí en sus labios que me gritaba: «¿Sabías que en nuestra ciudad hay una familia entera con labio leporino?». Recordé lo que la Señora decía una tarde: «Cuando muera su madre, la enviarán a un internado. Eso es lo que más miedo le da».

A las ocho, otros tres autobuses se plantaron junto al nuestro. De uno salieron madres arrastrando a sus hijos a casa, del segundo salieron jóvenes de rostros encendidos y gestos decididos, y del tercero, un grupo de jubilados extranjeros que me recordaban a una pequeña colonia de jilgueros de un libro de *ciencias naturales*. Los niños lloraban y sus madres los tomaban en brazos, se los colocaban sobre la cadera y se alejaban ladeadas hacia el centro de la ciudad. A mi lado, una mujer bisbiseaba sus oraciones, pero al cabo de un rato me acostumbré. Se sonaba la nariz, escupía por encima de su enorme barriga y luego se secaba las babas con su manga pringosa. Sacó un pan de la maleta, unos huevos cocidos y albóndigas, todo el autobús se llenó de un penetrante olor a ajo.

Poco tiempo después el autobús salió de la ciudad.

En la radio, nada nuevo. Escenas dramáticas en el mar Negro. Al parecer, un joven se había ahogado tras adentrarse en el mar, aunque las autoridades habían izado la bandera roja y los avisos salpicaban todo el litoral. Un adolescente había sido atacado por unos perros abandonados hasta que *la sangre chorreaba por sus zapatos*. Debido a las elevadas temperaturas, los castaños habían florecido a comienzos del otoño, es decir, había sucedido *algo irreal.* El sol había empezado a hablarme, no como si fuera un papagayo, sino pronunciando claramente, como el comandante de una nave espacial. *La temperatura de mi fotosfera es de casi seis mil grados Kelvin,* decía carcajeándose como un saltimbanqui y dando volteretas. Había descubierto en la tele que después de que consuma todo su hidrógeno, en varios miles de millones de años, se convertirá en una gigante roja y, luego, en una enana blanca. La ciudad se alejaba cada vez más. Lentamente, zarandeándome en el asiento delantero, la dejaba sola, bajo la bóveda azul, para que viviera sus días en soledad, para que hirviera en su propia oscuridad. *Tienes que venir, tienes que venir a verme,* resonaba en mi cabeza. *Pero quién, quién no teme la muerte,* resonaba en mi cabeza.

Me esperaban a los pies del farallón.

Estaban las dos, en bicicleta.

Me incliné hacia la ventana del chófer para asegurarme de que se trataba de Maria y la Otra. Había ensayado en mi cabeza la escena unas cuantas veces y no cabía duda. Eran ellas. El chófer me dijo que bajara, *baja.*

Recuerdo con mucha claridad el paisaje espectacular, dominado por rocas macizas y vegetación. Por detrás, la extensión estaba rodeada de bosques de coníferas, con las raíces fuera de la tierra, *parecen serpientes.* No había visto hasta entonces unos árboles que quisieran desarraigarse, salir de la tierra, *te sentará bien.* Un viento húmedo acarició mis mejillas. Caminaba de forma mecánica con las manos en los bolsillos. La luz del día estaba encendida.

El arrecife, fragmentado en dos partes. Una parecía un elefante y la otra tenía un agujero protegido por unos bordes abruptos y envuelto en una ola de tierra. «Son de hace veinte millones de años, de las aguas cálidas del mar Sarmático y el mar Tortoniense, de esqueletos de coral, moluscos, conchas, algas marinas y animales», me saludó la Otra. Hablaba rítmicamente, en voz alta. En la cabeza del elefante había plantadas tres cruces. En la parte inferior, las aguas del Cámenca atravesaban el desfiladero. «En invierno esto es maravilloso. Algunas partes de la orilla se hielan y las copas de los pinos se cubren de nieve», concluyó.

«El sol ardiente de esta última temporada ha endurecido la tierra», se lamentó Maria.

Estaban vestidas con pulcritud. Olían ambas a sal yodada.

Caminábamos despacio por el sendero angosto que subía hacia la cima de la peña, por la parte opuesta al elefante. Al principio Maria y yo, luego Maria y la Otra, luego la Otra conmigo. La hierba era tupida y, aquí y allá, había muchas correhuelas en las que se enredaban mis zapatos. La tierra, ciertamente, estaba dura. Cerca de la cima, vi dos casas vacías, y en una tabla ponía en tiza rosa: MORIRÉIS JÓVENES COMO ABETOS. Luego cruzamos una callejuela de casas torcidas, construidas con adobe, es decir, una mezcla de barro, paja y boñiga de caballo. Detrás de la ventana aparecieron varias mitades de cabezas curiosas, con los rostros quemados por el sol, crispados y con el cabello seco. Avanzamos despacio por las callejuelas polvorientas, cercadas con tela metálica, delante de montones de barro o de piedra cubiertos con restos de plástico.

Arriba, pasamos por un campo grande de cereal. El viento soplaba suavemente y las espigas se doblaban como las olas del mar. «Una ciudad con salida al mar», pensé. El aire era tan asombrosamente salado que me insuflaba fuerza y vida. En el horizonte se distinguían perfectamente las dos partes de la roca. El cielo empezaba a oscurecerse. La niebla se extendía sobre las rocas, unas madres torcidas que acarrearan a sus hijos apoyados en la cadera. Sentí un aire fresco que, en lugar de entristecerme, me alegró. De todas formas, tenía la sensación de encontrarme en el fin del mundo. «¿Cuándo vendrá mi madre?», les pregunté. «Lo sabrás enseguida», me respondieron dos voces.

Junto a la casa pacía un caballo negro. Maria me dijo que en otra época habían tenido una granja de caballos. Estaba cerca, en una antigua escuela. En otra época, era una caballada muy numerosa, pero ahora solo quedaban dos. Había pensado en renunciar también a ellos, pero no había sido capaz. Aunque la gente de esos lugares decía que presagian desgracias, sobre todo después de las que ya le habían traído, Maria decidió conservar los caballos.

Unos años antes, a comienzos de primavera, el marido de Maria sacó de buena mañana el caballo a pasear. Era uno de los mejores jinetes de la región, apodado Tsarevich debido a su nombre Nicolae y a su obsesión por la dinastía real de los Romanov. Aquella mañana de primavera, tras salir por la puerta de la escuela, montó el caballo negro y salió a galope hacia el llano. En un determinado momento, el caballo se asustó y lo arrojó con todas sus fuerzas por el borde de un precipicio. El golpe fue bastante fuerte. Se le rompió una costilla y murió por culpa de una hemorragia interna. Lo encontraron debajo de un sauce con dos fracturas más, una en la mano y otra en el hombro. En aquella época, Maria estaba embarazada y, al enterarse de lo sucedido, perdió a la criatura. Estuvo dos días de pie, delante de los enterradores, contemplando horas y horas la tierra recién cavada. Recuerdo que mi madre vino a consolarla. A mí me dejó con la Señora para protegerme de la muerte. Después del entierro, pasó varios días llorando. Maria le reprochaba a mi madre que fuera «una criatura poética, con la cabeza en las nubes, que soñaba con los ojos abiertos con ciudades y amores que no podían sucederle».

Todos los esfuerzos de mi madre por establecer contacto con Maria fueron infructuosos; Maria seguía rechazándola. A pesar de ello, mi madre les enviaba cartas, felicitaciones de Navidad y, algunas veces, dinero. *Son orgullosas,* me decía mi madre, *son orgullosas. Son orgullosas,* resonaba en mi cabeza, *son orgullosas.*

Oí también cosas horribles sobre ellas, pero no me las creí.

Si supieras lo que han hecho…, le oí a mi madre decir al teléfono. *Mejor me callo, que incluso las paredes oyen.*

La antigua escuela estaba encalada de rosa y azul. Tenía un aire abatido y, sin embargo, digno.

Cuatro

Dormí mucho. En una cama cálida y blanda como no había visto jamás.

Me desperté no solo por culpa de la lluvia. El pecho me quemaba por mi madre, como si tuviera el sol escondido justo debajo de la clavícula. No me habría sorprendido que así fuera, porque los días siguientes no se dejó ver. Mi madre habría intentado animarme. *Precisamente uno de los cientos de billones de estrellas de nuestra galaxia está en tu pecho.*

En la habitación hacía frío, y era bastante húmeda. Paredes parcialmente cubiertas con tablones, techo de tablones, una mesita de madera con la portada de un libro debajo de la patita, bien escondida bajo una elegante cortina de lino. Sentí la habitación rancia y tenebrosa. En el alféizar encontré varias copias de cuadros con marcos de nogal y una taza de aluminio con un té viscoso en su interior.

Como la noche anterior me encontraba muy cansada, no había reparado en los tres espejos colgados en una única pared. El primero estaba colocado a la misma altura que dos cuadros que representaban unos caballos y unos hombres azules, y era imposible mirarse la cara en él. El segundo era tan pequeño que solo podías verte la nariz y los ojos. El tercero estaba en el interior de un marco sofisticado con unas puertas que se cerraban.

Dos ventanas grandes en forma de concha se abrían hacia adentro y una más pequeña daba hacia el camino. Detrás de la ventana vi un sembrado de cereal infinito, y en otra, una meseta de tierra con viñedos. La lluvia caía mansamente, habría podido decir melancólicamente, como si alguien desde el cielo lanzara unas gotas a la tierra. Ya no tenía sueño y permanecí un rato largo pegada al alféizar. Tuve la impresión de que había estado en la cama varios días. Envuelta en sábanas de tela de cáñamo. Tejidas en un telar. Algo había cambiado. Imaginé entonces mi vida con mis tías. Me invadió la desesperanza. Mi madre me parecía a años luz del centro físico de nuestros sueños. Tenía el sentimiento de encontrarme en el fin del mundo como un compás que no sabía en qué lugar clavarse. Había estado aquí todo un invierno con ella. Era enero. Once de enero, es decir, el día de mi cumpleaños. Tenía siete años. Recuerdo cómo la nieve cubría nuestros pies y luego las rodillas, y la llanura era infinita. Temía que ese blanco sublime nos engullera. El viento cortante nos arañaba las mejillas y nos impedía caminar. Al principio dejábamos huellas en la nieve, pero enseguida se llenaban de perlas blancas. Entonces, mi madre me dio un trocito de chocolate para levantarme el ánimo. Maria y la Otra nos esperaban con la mesa puesta, con la leña crepitando en la estufa y con las sábanas calientes. Mi madre les llevaba habitualmente ropa y dinero. Mis tías se mostraban encantadas cada vez. Esas visitas eran extremadamente raras porque mi madre no las quería, o no «del todo». De todas formas, se portaba bien con ellas, *no eliges a tu familia*. No podía explicarme la decisión de mi madre de dejarme a su cuidado. Tal vez un momento de debilidad.

O tal vez aquí el tiempo pase más rápido. Tal vez aquí no sean siete días, sino cinco. Y los meses, diez. Y la espera, un cuarto. Tal vez la lentitud sea brusca.

Observé que tenía las uñas cortadas. Llevaba también bragas de algodón.

Al cabo de un rato, entré en un gran salón en el que dormía Maria. Respiraba tan despacio que pensé que estaba muerta. Dormía con una concentración fuera de lo común. Si no la hubiera conocido, no habría pensado que se trataba de la misma persona. Maria despierta y Maria dormida: derecha como una vela, con el rostro brillante y la boca un poco entreabierta. Las sombras caían cálidas sobre su rostro, con reflejos ocres y anaranjados. La piel dorada quedaba bien sobre la sábana de un rojo vivo y sobre el verde intenso de la almohada. En la boca amoratada parecía no haber sitio para la lengua. La tenía apretada, como un hueco quemado del tamaño de un huevo de gorrión. El gesto de abrir los brazos dejaba a la vista las hebras sin afeitar de las axilas y perfilaba el triángulo entre las caderas, un puñado de estrellas Aldebarán.

Plantas trepadoras de hojas blanquecinas cubrían las balaustradas de las escaleras que subían al segundo piso. «Son venenosas», se apresuró a decir la Otra.

Me sobresalté. Retiré la mano lentamente. Me volví hacia ella. Estaba como tallada en madera en un sillón de mimbre. Parecía hablar sola y velar a Maria. Me dijo que a menudo mi madre, cuando venía, hacía lo mismo, «el mismo error». Tenía los ojos semicerrados mientras yo me acercaba a su sillón. Hablaba muy bajo, pero lo suficiente para que la oyera. No hacía ningún gesto innecesario. Me parecía más fea que otros días, *eres bastante indiferente.*

Me anunció que desayunaríamos las dos, porque «Maria no es una persona mañanera». Me invitó a pasar a la cocina. La cocina era pequeña, aunque parecía más espaciosa gracias a la terraza acristalada. Abrió las puertas para que entrara aire fresco. «Cuando llueve, sientes la tierra», dijo mientras vertía el té desde arriba, formando burbujas. La humedad del aire armonizaba con el aroma a café solo, pero también con el vapor del té. Guardamos silencio las dos.

Más adelante, me dijo que mi madre estaba muy mal. La habían ingresado en el Hospital Clínico Municipal y no se sabía por cuánto tiempo. Hospital Clínico Municipal sonaba sentencioso, me imaginé un lugar lúgubre, oscuro, y gente a punto de morir. Hasta entonces solo había estado unas pocas veces en el hospital, en la consulta del dentista. La gente con batas blancas y gorros me repugnaba. Veía sus utensilios, las tijeras metálicas, las agujas, los equipos de perforar y los aparatos de rayos X de los que hablaba todo el mundo, incluida mi madre. Mi tía tenía un aspecto comprensivo y una voz agradable. Luego, tras una breve pausa, me dijo que mi madre estaba de todas formas *preparada.* Había dudado con quién dejarme, pero al final, «un velero siempre es un velero, indiferentemente de su bandera». Sonrió satisfecha. Sus ojos se iluminaron de repente. Tomó la tetera y me sirvió té. En el pan me extendió una gruesa capa de mantequilla y otra de miel. «Es mantequilla de la Fábrica.» Tenía las uñas cortadas hasta la carne. Pensé entonces en la Señora y en las notas sobre la comida del frigorífico. «También la Señora quería acogerte, pero Rica pensó que nosotras, de todas formas, somos sus hermanas.»

Hablaba mucho.

El estrépito de la lluvia se acrecentaba. Luego, se volvió más sordo. Goteaba sobre la superficie de madera delante de la casa. A veces me concentraba en su sonido hasta que perdía las palabras de la Otra. Adivinaba sus palabras en los labios. Los perros ladraban. *Ladran como si fuera a llover.*

Comimos deprisa.

Cuando regresamos al salón, Maria estaba sentada indolente en el sillón y leía unas cartas. No me saludó y no hizo ningún gesto de bienvenida. Tenía un rostro severo, pero hermoso. A continuación, se incorporó y se fue a matar un conejo.

Era viernes, y *los viernes siempre matamos un conejo.*

Lo desollaba, pero primero lo colocaba en forma de corbata y le hacía un corte profundo junto al jarrete. A continuación, a lo largo de la pierna y a lo largo del perineo. Le cortaba también las orejas, la cola, las patas delanteras, le quitaba la piel después de hacerle una incisión alrededor de los ojos, la boca y la nariz. Sazonaba con sal la parte sin pelo y la dejaba secar. Cuando le pregunté por qué los mataba, me respondió secamente: «Porque tienen ojos como de pez».

En la casa hacía todavía más frío.

En mi mente quedó grabada la ropa de Maria empapada de sangre. Cómo golpeaba sus hocicos contra el suelo y cómo los colgaba del tilo junto a la puerta. Tenía unas manos fuertes Maria, nudosas, aunque fueran de mujer. *Tiene un filo de acero,* y clavaba el cuchillo en la carne *como si fuera mantequilla.*

Cuando me retiré a mi habitación, le escribí una carta a la Señora. Comprendí que nunca se la enviaría y la escondí bajo una piel de conejo. Después de la cena, la Otra me anunció que por la tarde, si amainaba la lluvia, *iremos hasta el farallón, para mostrarte el río y la cueva.*

Pensé que en una vida paralela me había hecho mayor. Tan mayor que nadie me servía té, solo café.

El viento no soplaba ya.

Detrás de la casa se bañaban en el barro cazuelas rotas, pucheros resquebrajados, vasos sucios, ropa rota, un columpio de madera, *Konsomolskaya Pravda,* montones de bolsas, alforjas y mucho plástico.

Cinco

— ARHIVARIUM —

DICE QUE NADIE ENTRARÁ JAMÁS en nuestras vidas.

Dice que los hombres guapos son los que tienen los labios escondidos tras los bigotes. Y a los que les tiembla el vientre.

Dice que el pasado y el pluscuampasado son nuestras raíces.

Dice que, en otras vidas, todos nosotros fuimos árboles.

Dice que mi padre no tuvo ninguna oportunidad en el juicio. Las madres tienen siempre prioridad. Lo recuerdo, mi padre parecía cariñoso. Cuando tuvo que decir algo, habló solemnemente. Se enjugó algunas gotas de sudor de la frente con un pañuelo a cuadros, luego se disculpó. Se cerraba una fosa nasal con el dedo para sonarse la otra. Lo dobló con cuidado y lo guardó en el bolsillo de su traje gris brillante, que cubría modestamente su camisa de cuello de golondrina. Mientras vociferaba su monólogo, levantaba un pulgar con la uña cortada hasta la carne y a continuación lo bajaba hacia sus zapatos de fiesta, lustrados minuciosamente la víspera. Tenía un rostro romboidal de mejillas abultadas, curtidas por el sol.

Aquel día el perro de Voica destrozó sin piedad a un compañero de clase. Entendí que no quedaba nada de su antigua cara y que le faltaba por completo el hombro derecho. Lo tiró al suelo y lo desgarró como si fuera un muñeco de trapo, en tiras multicolores, del color del azafrán, luego de la amapola, luego de la uva. Lo contemplé largo rato en su ataúd de madera, cubierto con un paño blanco de seda, en torno al cual yacían aburridos ramos de flores. Los niños hablaban como adultos sobre lo sucedido, le atribuían diferentes interpretaciones y observaciones, desde los sueños y las premoniciones al pecado original y materno. Flotaba un estremecimiento azul sobre toda la ciudad. Al cabo de un tiempo, las cosas volvieron a su cauce, y la gente se recuperó también de esta pérdida. El sol salía y partía también cada tarde con la misma precisión. Emitía una luz brillante, nítida y diáfana, y era incluso más púrpura que en otras épocas. El sacerdote oficiaba las mismas misas, la gente se saludaba igual, yo me ponía el vestido azul cuatro veces en siete días, hacía coronas de fárfara y recitaba los mismos poemas sobre la guerra en tiempos de paz.

Dice que no seré demasiado afortunada, *pero eso son palabras.*

Cinco

— NOVIEMBRE —

LA OTRA SE METIÓ EN EL AGUA hasta la cintura. Con el cabello recogido y los labios morados. En primer lugar, miró a su alrededor antes de quitarse la ropa. Quise salir corriendo porque sabía cuánto la irritaría que violaran su intimidad, pero me quedé allí. No había visto hasta entonces una habitación como aquella. En su presencia, el recinto parecía mucho más amplio. Estaba en el sótano. En el exterior, la mitad de una especie de piscina improvisada se introducía en la casa. En lugar de pared, se cerraba gracias a una pantalla de cristal, de tal manera que podías bañarte en ella tanto fuera como en casa, con una sensación de continuidad al otro lado. La habitación del sótano se cerraba con ayuda de unas puertas de madera fijadas directamente al suelo, como hacen en las bodegas. Al cabo de un rato salió del agua, pero no se envolvió en la toalla. Encorvada por el frío, se sentó en una silla de mimbre y tembló durante varios minutos. Yo estaba nerviosa.

Me parecía sentir la mirada de Maria en la espalda. La presencia de Maria me provocaba siempre un sentimiento de tensión y disgusto. Había algo diabólico en ella, unos pasos perdidos, unas olas negras. Comprobé varias veces que no venía nadie y continué *siguiendo* a la Otra. *Síguela, te mira.* Del interior llegaba un olor a moho y a flores, flores de acacia, flores de escaramujo, a girasoles, a prímulas, a tila. Parecía exhausta. No la había visto desnuda, nunca así. Con unas incisiones abdominales y decenas de estrías. Con una cortina amarillenta envolvió una pancarta en la que ponía algo en un idioma extranjero y la metió debajo de la silla. En una esquina, vi una pila de herramientas: martillos, hachas, cuchillos de acero, azadas y toda clase de anillos, vendas, pañuelos de colores, cubos, barricas de roble. La superficie gris del agua concordaba con las nubes grises del exterior. Completamente desnuda, mostrando el vientre, la Otra se envolvió en la toalla. Comprendí que se disponía a salir. Tenía un comportamiento extraño para una mujer de su edad. Sus actos no tenían sentido. *En estos lugares todo sucede en silencio,* habría dicho mi madre, *en estos lugares todo sucede sin sentido.*

Me escapé a mi habitación. Me hundí en la mullida cama y leí durante medio día. Oía a las ratas moverse sobre el techo, podías confundir esos pasitos delicados por su mundo con pasos de personas. Se agitan, tal vez las haya cazado un gato. *El jinete sin cabeza* me condujo por Texas, después de la guerra mexicano-americana, hasta las plantaciones de Louise Pointdexter, y viví allí los extraños acontecimientos que me robaron horas y horas de realidad. Sin embargo, mi madre estaba en cada partícula de mi ser, en la bola de fuego debajo de la clavícula, en el plasma y en los glóbulos.

La sentía circular por las venas y las arterias, en la melanina y en los latidos del corazón. Estaba en la garganta, en los oídos, en los ganglios linfáticos. En todos mis dibujos bajo los que había escrito «ILEANA». Olí el libro. Me imaginé que era un libro de mi madre.

Por la tarde, en el salón entró una niña blancuzca de unos diez años. La veía por primera vez aquellos días. Tenía el cabello y los ojos de un color muy claro. La miré en silencio y ella me miró en silencio. Me senté ante ella como delante de un espejo. Yo movía la cabeza hacia la izquierda y ella la movía hacia la derecha. Levantaba la mano yo y la levantaba ella. Me secaba los labios con la manga del vestido y se secaba ella la boca con la manga del vestido: «Me siento de maravilla sin el sol», me dijo. Codruţa llevaba un vestido de terciopelo. «Todas las niñas deben tener al menos un vestido de terciopelo». Pelamos una manzana cada una y las comimos en silencio. Era la hija de la Otra. Es decir, mi prima. Es decir, mi prima bastarda. Abrió un armario y extrajo un saco lleno de zapatos y otro de muñecas de trapo. Me probé todos los zapatos, pero ningún par me servía. Me dijo que todos eran zapatos robados. También las muñecas, todo.

La noche parecía no querer llegar, *se contiene.*

Fuera lloviznaba. Maria había entrado en la antigua escuela para ocuparse de los caballos, y la Otra nos llamó para que fuéramos a pasear por los arrecifes calcáreos. Antes de salir nos ofreció una taza de leche con cacao. Codruţa la bebió de golpe, pero a mí me dio un asco terrible. «Abrigaos bien para no enfriaros. Fuera hay mucha humedad», nos ordenó la Otra.

Salimos las tres con botas de goma azules.

La hermana de mi madre llevaba un traje para la lluvia, Codruţa y yo teníamos unos impermeables con capucha. El camino me pareció más fácil de lo que me imaginaba. Al cabo de una temporada de sequía, la tierra se veía endurecida aquí y allá. «Las lluvias copiosas hacen que el trigo maduro brote en la espiga», dijo mi tía, abriéndose camino por el trigal. El olor a tierra húmeda me abrazaba la cara como si tuviera dedos y me hacía sentir un cierto placer. El barro nos cubría las botas de goma, y cuando se acumulaba mucho, se desprendía sin esfuerzo. Así dejábamos a nuestro paso unos montoncitos que parecían vagones vacíos de un tren en miniatura. «Al menos han procurado resistir», comentó la hermana de mi madre.

Las nubes cada vez más pesadas se acumulaban sobre Toltre como unas tetas llenas de leche, *así son los arrecifes de Toltre en otoño.* Cuando llegamos a la cima, la Otra nos invitó a descender a la cueva. Nos dijo que la cueva había estado habitada desde los tiempos más remotos. Quería ofrecernos simplemente una lección de historia. Nos habló de los primeros asentamientos humanos. El cuerpo del arrecife albergó distintos animales en la era glacial, pero también a habitantes del periodo prehistórico. Con el tiempo, la gente lo destruyó. Necesitaban extraer la piedra. Sin embargo, en Toltre el elefante se mantiene firme, a pesar de que el terremoto de 1977 bloqueó algunas de sus entradas. En un determinado momento, sentí la humedad de la piedra en la carne. Abajo, el paisaje verde se veía interrumpido por un camino asfaltado. La Otra entró en la boca de la gruta. «Aquí se encontraron huesos fosilizados de osos, rinocerontes, mamuts y bisontes, aunque los arrecifes están formados sobre todo por esqueletos de coral.» Lo que me pareció más interesante es que los grupos de coral prefieren vivir como pólipos solitarios, pero la mayoría elige sobrevivir en colonias y tienen unos tubos llamados pólipos coloniales. Los pólipos vivos habitan en los restos de sus predecesores, sobre sus antepasados. Los corales habitualmente prefieren crecer en las aguas profundas, aunque los arrecifes se acumulan tan solo en las aguas cálidas y límpidas, y proceden del mar Sarmático. Viven únicamente donde alcanza la luz en el agua, el sol los destruiría, mientras que la oscuridad les sienta bien. «¿Son albinos, mamá?», le preguntó Codruţa. La Otra calló unos instantes, luego respondió: «Ajá, tienen ojos azules». Después del terremoto cegaron varias entradas. Hay zonas en las que nadie ha penetrado jamás. Un olor fresco a algas pasó sobre nuestras cabezas. Mi madre siempre me decía que vivimos en el fondo del mar. Tenía la sensación de encontrarme debajo de la tierra. Me dolían las sienes por culpa del viento y le dije a mi tía que nos fuéramos.

Codruţa había empezado a toser. Tenía las manos frías y nudosas. Una ligera brisa se coló bajo nuestras gabardinas. En todo ese rato, no había visto que pasara nadie por el camino ni por el puente de madera sobre el río.

En cambio, ladraban los perros.

Adiviné en el camino de enfrente a dos mujeres regordetas que, en cuanto nos divisaron, echaron a correr. La víspera había visto también a unas mujeres que intentaron pasar desapercibidas cuando nos vieron. Se lo dije a mi tía, que se hizo la sorda. En lugar de responder, nos contó una leyenda sobre el hermano del rey de Lituania, que se había refugiado en la gruta de esa peña porque lo perseguían sus rivales al trono. Lo encontró Anca, la hija de un campesino, mientras apacentaba sus ovejas en los alrededores del arrecife. Ella y su padre dieron fuego a su propia casa, en la que habían albergado a los dos esbirros cuya misión era matarlo. De vuelta a Lituania, el rey no olvidó a sus salvadores: llevó a Anca a la corte señorial y su padre se convirtió en el más próspero criador de ovejas de la región. «Vosotras sois todavía jóvenes», concluyó la Otra. Nosotras guardamos silencio y ella sintió la necesidad de preguntar qué opinábamos sobre esa leyenda. Yo le respondí que no tenía opinión alguna, Codruța prefirió callar. La Otra se detuvo para sacar el pie atrapado entre las hebras de correhuela. *Habría debido castigarla,* gritó en un determinado momento, *porque podría tratarse de un engaño.* Y sacó la pitillera metálica y encendió un cigarrillo rosa, retorcido como un caramelo. Por culpa de la humedad, el tabaco no prendía y ella se detenía varias veces por minuto para volver a encenderlo.

Cuando llegamos arriba, a Codruța le resbalaron los pies y a punto estuvo de caer de espaldas. Salté hacia atrás, aunque también mis botas de goma resbalaban. La cogí por la cintura, pero no conseguí mantener el equilibrio y caí de lleno sobre una cadera. Me apoyé en el puño, para no caer rodando, y lo saqué con las venas hinchadas. Me temblaban todos los dedos. Codruța se echó a llorar. Le dije que estaba bien. La Otra no reaccionó. Seguía subiendo lentamente. «Caminad más deprisa. Tenemos que abrevar los caballos.» Había empezado a relampaguear. Las flechas de fuego rompían el cielo en miles de pedazos. La Otra abrazó a Codruța del cuello y la fue empujando. Me había manchado la ropa de barro y, además, la lluvia arreciaba. Aparecían en las ventanas de algunas casas unos rostros que desaparecían de inmediato. Otras cerraban los postigos de manera ostentosa.

No quedaba mucho para llegar a casa, pero el ímpetu del agua superaba nuestras fuerzas. Tronaba cada vez más fuerte. Los rayos caían vertiginosos hasta el suelo. Nos refugiamos en una casa cercana. Salió una mujer sin edad, envuelta en un chal, los ojos hundidos en unos manojos de arrugas. Con un gesto de la mano, nos invitó a entrar. Tenía sobre la mesa una bolsa de nueces y manzanas. Se la entregó a Codruța por el alma de los muertos, porque los vivos «pueden cuidar de sí mismos». Codruța le dio las gracias y se sentó en un sillón de madera, cubierto con un tapiz. La Otra le dijo «como de costumbre» y la vieja extendió en la cama una baraja de cartas. Al otro lado de la ventana se oía caer el agua. Siguió un silencio, luego la mujer empezó a bisbisear entre dientes, para decir finalmente algo en una lengua sofisticada. «En tu camino hay una sota de trébol», luego un ocho de rombos, que acompañado del as de copas significa una visita importante. El juego acababa mal, según la mujer, con un nueve de picas. La Otra suspiró, pero no dijo nada. Al cabo de un cuarto de hora, regresamos a casa. Mis tías, la Señora y otras mujeres también visitaban a esa clase de señoras, con la esperanza de que les predijeran un futuro deslumbrante.

En todas las habitaciones hacía frío. Maria leía la carta de un sobre amarillo.

Me sobresalté. Solo mi madre tenía sobres amarillos. Pero no era una carta, sino más bien una especie de procura que yo encontraría más adelante. Encendió un cigarrillo rosa, retorcido como un caramelo, y miraba a la Otra de reojo. Luego se volvió bruscamente hacia mí.

Me miró largamente y me dijo: «Hueles a flores secas».

Cinco

En las callejuelas borboteaban inmensos arroyuelos llenos de agua.

Delante de las casas podías ver ramas tapadas con mantas empapadas. La tierra bullía.

Me costó mucho despertarme en un aire venenoso y frío. Me dolían los huesos, los dedos de la mano y las articulaciones. Me latían las piernas y los talones. Aunque no estaban a mi lado, percibía su respiración. Sentía esa especie de miedo y de frialdad que puedes sentir tan solo cuando te rodea la miseria. Por mi mente desfilaban paisajes hermosos, con callejuelas y flores, gracias a los libros que leía. En su casa, lo feo estaba tapado con cosas bonitas. Había habitaciones ideales, en las que no vivía nadie, y habitaciones feas, las que nos correspondían. Los armarios estaban abarrotados de ropa, periódicos y objetos inútiles, incluso de ropa para niños o juguetes, de medallones, de mantas, toallas y telas. Me cansé de escucharlas llamar a mis primas putas, rastreras y apestosas. Las vecinas eran estériles; mi madre, ingenua y tonta. La Señora, una falsa; la tía Lica, una aprovechada; la hermana de mi padre, una víbora; sus hijas de otro matrimonio, unas prostitutas gordas que habían amasado su fortuna gracias al trasero. Todas merecían su destino o sus enfermedades. Dedicaban discursos interminables a otras mujeres. Estaban poseídas por un odio visceral que oscurecía la piel de su rostro, la engrosaba, la hinchaba y la transformaba en una mandarina.

Aquella mañana, la casa me pareció más grande que de costumbre. Tenía la impresión de que las paredes laterales se habían movido y de que habían crecido como los árboles. En un determinado momento, creía escuchar mi propio eco, sin hablar. No sé cuántas habitaciones tenía la casa, pero suficientes para poder esconderte. Sillones en los que poder hundirte. En la radio nos decían que el tiempo iba a empeorar, seguiría lloviendo también los próximos días, con breves interrupciones. El gobierno está buscando soluciones, pero todavía no ha formulado ninguna. En cambio, el primer ministro, junto con las organizaciones humanitarias patrocinadas por las esposas de los presidentes anteriores, prepara paquetes de alimentos para los *siniestrados*. La presentadora nos anuncia que «los siniestrados podrían recibir ayuda estatal» y, a continuación, subraya que «el Gobierno está dispuesto a ofrecer ayuda a los que hayan sufrido la furia de las aguas». Empezó a desazonarme la idea de que mi madre escuchara la radio y se preocupara. Había soñado con ella de todas las formas posibles, incluso muerta.

En el salón de diario predominaba el amarillo. Del amarillo de las alfombras y las cortinas, sentí en la nariz una cierta frescura, un olor a pacas de heno húmedo. En la cocina, silencio. En la habitación de Codruța, silencio. Por supuesto, me asaltó la idea asombrosa de que me había quedado sola en ese museo de la soledad. Por un lado, me asusté, aunque en lo más profundo de mi ser estaba contenta. Oía mis pasos a lo largo de los pasillos. Junto a la puerta vi unas pilas de leña recién cortada. El suelo brillaba limpio, *está encerado.* Había un hacha apoyada en la pared, enfrente del cuadro. Las alfombras parecían salpicadas de vino y cera, incluso podía olerlo.

De repente, oí unas carcajadas al fondo del pasillo. Me dirigí hacia la puerta entreabierta. Era un salón inmenso, con armarios de madera y cajones con llaves, sillones barnizados, pesados candelabros y voluminosas mesas redondas, muy antiguas. A través de una abertura, un cable sostenía la cortina negra de algodón, recogida con un cordón de color fucsia rematado con un pompón de chenilla. Sobre una bandeja, una tetera con menta muy azucarada, dos vasos cilíndricos, unos huevos cocidos, un cuadradito de mantequilla y otros de un queso amarillento. Estaban guardados en un armarito de madera ajada, con el barniz desconchado y las bisagras desencajadas. La puertecita estaba suelta y desprendida, y en su interior se veía una chaqueta negra de bordes dorados que parecía un jubón y que envolvía cuidadosamente unas tenazas especiales, utilizadas para extender la piel de los zapatos en la horma, algo que me recordaba la pasión de mi abuelo por los zapatos. La única memoria tangible de un pasado de zapatero. *En nuestra familia siempre hemos tenido zapatos bonitos,* me habría dicho mi madre.

* * *

En una silla de mimbre, Maria se mostraba desenvuelta, con un vestido blanco, descalza, con un brazalete en el tobillo. Tenía los labios rojo púrpura y carnosos como las flores de la guindilla. Me pareció guapa. La Otra tenía picaduras de mosquitos en las piernas, unos moretones púrpuras o rojo-azulados, untados con crema y alcanfor. Engullía ciruelas secas. «Nuestro país está lleno de diabéticos y es lógico.» En un rincón estaba acurrucada Codruţa, envuelta en una toalla gruesa. Tenía la piel amarilla, como si sufriera del síndrome de Gilbert. Tenía el cabello corto, irregular, con un flequillo trasquilado por todas partes. En el suelo, mechones de pelo y unas tijeras.

Después de unas bromas picantes, la Otra puso sobre la mesa una maleta. La abrió y sacó de su interior una carpeta con un clasificador y un montón de ropa. A su lado, dos bolsas llenas de objetos. Maria eligió un vestido de seda que parecía piel y se lo puso encima. Lo alisaba con la palma y suspiraba mientras les hablaba a las otras de la textura, agradable al tacto y muy fina. Nunca las había visto tan contentas. «Esto me lo quedo yo», dijo finalmente Maria, y fue separando toda clase de ropa, pañuelos de seda, cinturones y camisones. En el ritual que vino a continuación, la Otra parecía a punto de perder el juicio. Maria se quedaba con las prendas más bonitas, los tejidos caros y los accesorios sobrios con piedras preciosas. De repente se volvió hacia las otras bolsas y las abrió con el pie. Sacó un jersey gris de mohair y se lo mostró a la Otra. «¿Reconoces este?», dijo con una sonrisa infantil, la Otra le respondió tan solo «Por supuesto». Entonces me di cuenta de que se trataba de las cosas de mi madre. Reconocí la falda de lana, el jersey de punto, la camisa sin botones, el sarafán con bolsillos cargo, los guantes de piel, el abrigo de cuadros y el maletín negro. De una bolsa rosa sacó varios pares de bragas y cuatro sujetadores.

La Otra, con movimientos lentos y diestros, se quitaba las medias de seda de mi madre, Maria se apresuraba a ponérselas ella. En la segunda bolsa había sábanas nuevas, toallas y edredones.

Riendo por lo bajo, Maria sacó un vestido negro, con hilos brillantes, largo, hasta el suelo. Se ceñía perfectamente a su cuerpo en forma de pera. Se miró largos minutos en el espejo. Luego, de la misma bolsa, sacó un par de distinguidos zapatos de ante con una correa discreta que iban muy bien con el vestido. La Otra la contempló aburrida. «Sería una pena que se apolille.» Reconocía en sus gestos algunos rasgos de mi madre. A decir verdad, me daban ganas de entrar y de quitarle toda la ropa, arrastrarla por el barro o cortarla con unas tijeras. Por otro lado, me daban ganas de entrar y de abrazarla con toda mi alma como a una prueba de la existencia de mi madre. Me consumía en mi propia desesperanza. Creo que entonces me habrías dicho: *Para que no te haga desgraciada, no te queda otra que amarla.*

Sin querer, abrí la puerta un poco más.

—Es la ropa de mi madre.

Las dos se volvieron bruscamente hacia mí. Maria me miró con indiferencia, como si el juego estuviera a punto de acabar.

—¡Mira cómo se transforma la oruga en mariposa!

Les señalé también el dibujo *de unos gorriones* bordados en el edredón. Además, era mi edredón preferido.

—Eres un pollito desagradecido. Todos querían quedarse contigo, incluso Mircea, nuestro hermano, y la Señora, y tu padre. Solo nosotras somos capaces de educarte de verdad. Ofrecerte una vida digna —me dijo la Otra.

De repente le empezaron a brotar unas lágrimas que desaparecían rápidamente. Sus ojos cambiaban de color y el temblor de los labios se transformaba en sonrisa. Maria se pasó la mano por el pelo, se puso de pie, erguida. Permaneció así varios minutos, mirándome desde arriba:

—Pero tú ya lo sabes, esto no es el paraíso. —Se acercó a la mesa, empujó la maleta con el pie y apoyó lentamente los codos en la parte superior de la mesa. Se inclinó hacia mí sin quitarme ojo—. Merecemos mucho más agradecimiento, ¿no te parece?

Miré a Codruţa. Estaba inmóvil, envuelta en la toalla. Ni siquiera parpadeó, aunque leí en su rostro una cierta arrogancia. Entonces recordé el sobre amarillo y pensé que las hermanas de mi madre deberían habérmelo mencionado y proponerme siquiera que le enviara una carta de respuesta.

—Quiero hablar con mi madre. Sé que os escribe —respondí.

—Cuando mejore el tiempo —replicó Maria y, a continuación, se sentó en la silla de mimbre, visiblemente indignada.

—Estamos aquí para acostumbrarnos a todos nuestros pecados, así que no pienses que vivimos aquí porque queremos —completó la Otra, mientras olía una bufanda azul.

Quise añadir que iban a lamentarlo amargamente cuando mi madre se enterara de cómo se habían portado conmigo, pero me cortó secamente diciendo que tenía que confiar en Dios. «Solo él puede poner todas las cosas en su sitio.» La Otra tomó la maleta del suelo y empezó a recoger las prendas. Las ordenaba por colores y por telas. Yo sentía que me ahogaba. No por su culpa, sino por culpa del calor que se había acumulado en la habitación.

—Esto no es un monasterio, pero no olvides rezar —continuó la Otra.

Me parecía muy fea, con su mandíbula pronunciada y las caderas huesudas. Había algo masculino en ella, un empeño por destacar a cualquier precio. Poco después abandoné la estancia. Nuestros pasos sonaban a hueco en los pasillos infinitos. Sus rostros se habían vuelto ásperos. La belleza de Maria había quedado encerrada en la habitación de los candelabros pesados. En el vestíbulo hacía bastante frío y, de nuevo, el olor a pacas de heno húmedo invadió mi nariz.

Unos días fueron cortos, y otros largos.

Codruţa había empezado a temblar cada vez más. Tenía las sienes amoratadas. Parecía muy cansada, aunque no dijera nada. Me había atrevido a abrazarla y a besarla en la frente. Me miró con una cierta tristeza. Pensé que, de todas formas, compartíamos algo. Seguramente ninguna de nosotras había nacido por amor. Antes de dormir, para bajarle la fiebre, la Otra trajo un trapo húmedo y se lo puso en la frente. Al cabo de un rato, Codruţa se acurrucó en el sofá y se quedó dormida. Permanecí a su lado varios minutos. La lluvia caía límpida, sincera, agradable. Desde su ventana, observé la modesta casa de la vecina, que se distinguía por un único ventanuco minúsculo. Del tamaño del rostro de un niño. Las paredes resquebrajadas hasta los cimientos no dejaban lugar a dudas: estaban en un estado ruinoso. Mientras examinaba las grietas, vi a una anciana que me miraba desde el otro lado. Su mirada me asustó y volví corriendo a mi habitación.

* * *

Cerré las cortinas. Me contemplé en el espejo. Allí, ante mí, no estaba mi rostro, sino el de mi madre. El rostro de mi madre en el espejo en el que me miraba. El rostro de mi madre luminoso como un sol. Me cubrí la cara con las manos, me lancé a la cama y hundí la cabeza en la almohada. Lloré con toda mi alma. Metí la mano bajo la piel de conejo en busca de la carta redactada para la Señora. La rompí en mil pedazos. Luego, me volví hacia el espejo. Primero me miré entre los dedos, luego bajé las manos.

El rostro de mi madre seguía allí.

Seis

Por primera vez tenía miedo a quedarme dormida y soñar. A veces los sueños me parecían tan verosímiles que la realidad palidecía. Empecé a estudiar con atención los espejos. En el primero tenía un rostro ovalado, en el tercero, redondo, y en el segundo veía solo algunas partes de la cara, los labios, la nariz o los ojos. El cuello era bonito, pero demasiado largo. Luego me senté en la cama e imaginé que entraba en una casa azul azul. En el interior, una gran biblioteca con butacas mullidas. A continuación salí a una plaza. Allí, ropa de segunda mano, cubiertos plateados, «tenemos también tenedores pequeños, cuadros, ¿le gusta Brahms? ¿Los aguafuertes y grabados a punta seca?», libros de coleccionista, marcos de época, espejos de mármol, candelabros de cristal o «muy antiguos, en buen estado, son de bronce, ¡llévatelos!», figuritas, frasquitos de perfume y discos de vinilo, *El hombre de la máscara de hierro,* en rumano. «EXCELENTE ESTADO».

La dama de las camelias, «¿lo has leído?», un lugar para soñar, no con el futuro, sino con el pasado, siempre con un pasado imaginado de un pasado imaginado, de un pasado imaginado.

De repente, escuché una sacudida debajo de la cama. Bajé despacio, con el corazón en un puño, y me agaché para ver qué se escondía bajo la carcasa oxidada: un ratón atrapado en la trampa. El queso estaba salpicado de sangre y algunos hilillos habían ensuciado la caja de cartón adyacente. Tenía las patitas quietas, y les quedaban bien las manchas rojas. Encontré en una caja algunos periódicos viejos y algunos libros de André Maurois, Agatha Christie, Knut Hamsun y Alejandro Dumas. Un título despertó mi curiosidad: *Fata cu harţag, Urme pe prag,* de 1974.[5]
Me tumbé en la cama y me puse a leer. El libro tenía muchas notas. Pensé de inmediato en mi madre. La lluvia había empezado a caer al ritmo de mi respiración. Las gotas parecían escamas de plata. Tenía la impresión de que formábamos un todo. Al principio, caía una lluvia muy fina, luego fina, moderada, cerrada, muy cerrada y, pasada la medianoche, salvaje, violenta, veloz. De repente, las paredes comenzaron a mirarme. Sus ojos eran negros y pequeños. Yo sabía que este lugar no tenía vida y no me asusté. El silencio engulliría enseguida todo rastro de esperanza.

En la radio, ni una buena noticia.
La locutora nos anuncia que las temperaturas van a bajar y que las lluvias no van a remitir. La alerta roja ha pro-

---

5. Novelas del escritor moldavo Alexei Marinat. *(N. de la T.)*

vocado pánico entre las autoridades, pero no tanto como para intervenir. La mujer añade también que la suerte de los habitantes de Toltre es su ubicación en el flanco de una roca porque el agua se escurre hacia abajo. La locutora enfatiza que durante los últimos días ha llovido tanto como en todo un mes. La cantera de piedra se ha llenado de cascajos y de barro, los cúmulos se han hundido, la cosecha está anegada, los cementerios se convierten en frentes de guerra. Las cruces pegan su vientre a la tierra y las tumbas se desprenden de las sotanas, las coronas flotan en filas dejando a su paso bandas de colores, como si la muerte nos hubiera mostrado su único manifiesto para la vida. Rojo burdeos. Mucho rojo burdeos sobre el mundo. Parecía que la muerte había querido salvarnos con sus manos, ahogarnos con sus manos, acariciarnos el pelo con sus cálidas manos, *con unas manos sin uñas. Mirarnos con unos ojos sin pestañas.*

En sus puertas, los alcaldes pegaron unos carteles:

«Intentamos actuar en estas situaciones de emergencia. Les pedimos que tengan paciencia y apelamos a la calma. Hemos solicitado ayuda al gobierno. Estamos a la espera.»

Escuchar la radio es una de mis actividades favoritas. Voces húmedas, redondas, cuadradas, afiladas, que salen de una caja redondeada. Cuentan. Avisan.

En el cierre, la locutora nos anuncia que los meteorólogos han prolongado la alerta roja.

Desfilaban por mi cabeza toda clase de retazos de los últimos días; el rostro inerte de Maria, el papel del sobre amarillo de mi madre, los senderos trazados por el trigo, las gotas infladas, las hileras de Fetească Albă, el color burdeos, mis zapatos atrapados en la correhuela y luego en el barro; las manos diáfanas de Maria, las leyendas sin sentido de la Otra, Codruța; luego las extensiones desde el farallón, la caída de Codruța y su tos, la viuda con las cartas de la baraja, la sota de trébol y las manos de mi madre tendidas hacia mí, sus pasos que la llevaban hacia mí, el mantel de hule con limones agrios, las macetas de flores y los caracoles secos, los días interminables, las rosas del vaso de cerveza, la cabeza de una niña asomando de una vagina en el libro de medicina de Maria.

Fuera se escucharon unos ruidos.

Apagué la luz y me escondí junto a la ventana. La ventana está muy sucia, pero su suciedad me gusta, es bonita. Escupí en el cristal y la froté con la manga, la aplasté con los dedos. Su suciedad emigró a mis falanges. *Es urticaria aguda,* se habría alarmado mi madre. ¡Qué infantiles parecen mis manos, es como si estuvieran impregnadas de crema! Vi que Maria salía con la Otra. Entraron en la antigua escuela. Pensé que querrían ocuparse de los caballos. Encendieron las luces y las puertas se cerraron. En la oscuridad, la antigua escuela parecía una fortaleza abandonada para perros vagabundos. Salí a hurtadillas a la sala de diario. La oscuridad, atenuada por las luces sombrías de la noche, dibujaba unas líneas más claras por la casa. Un silencio amortiguado había engullido toda la casa, tal vez todo el planeta. Sobre la mesa encontré la hoja del sobre amarillo que había leído Maria. Cogí el papel y corrí a mi habitación. Me arrimé al cristal e intenté descifrar el contenido. ¡La letra de mi madre!

Procura

Yo, Rica Ioan, con domicilio en la calle Zgârcea 5, apartamento 23, ciudad (INDESCIFRABLE), en este momento me encuentro gravemente enferma y, por ese motivo, en caso de fallecimiento, le ruego que confíe la suerte de mi hija Ileana (INDESCIFRABLE), a mi hermana Maria (INDESCIFRABLE), pero, en ningún caso, al padre de mi hija, Luca (INDESCIFRABLE), que nos ha humillado toda la vida con su indiferencia.

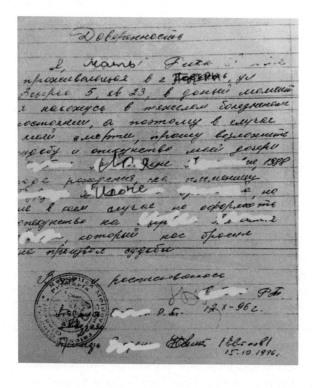

La leí varias veces. Me temblaban las manos y sentía que las lágrimas asaltaban mis sienes en oleadas de sal. Se abrieron las puertas y vi a Maria y a la Otra salir con unos cubos. Las luces se apagaron en la antigua escuela y la oscuridad se escurrió tras ellas; estaba oscuro como la tinta de sepia. Se extendía a su paso como el líquido marrón de las glándulas de los pulpos cuando se defienden de sus depredadores. Ellas se detuvieron ante la puerta y permanecieron cara a cara varios minutos. Me preguntaba por qué no habían querido enseñarme la carta. Yo las seguía como desde detrás de una pared de cristal. Me parecían cada vez más lejanas, y yo me transformaba en un cardo mariano. Luego, unos sonidos extraños se desencadenaban de una habitación a otra, de una habitación a otra. Veía cómo le temblaban las manos a Maria. Se sentó a continuación junto a la puerta para encender un cigarro. Fui corriendo al salón y dejé la carta sobre la mesa de Maria, boca abajo, tal y como la había encontrado.

Codruța tosía todavía. Los últimos días nos habíamos hecho más amigas. Parecía tener buen corazón. Su principal característica era la falta de entusiasmo. Tenía un aire solitario, de niña sin padre. Me dijo sobre la Otra que «ladra más de lo que muerde».

Maria entró en la casa gritando mi nombre.

Salí corriendo, asustada. Estaba segura de que había reparado en la carta y probablemente quería castigarme. Me dijo que me calzara las botas y que fuera adonde los caballos. Me dio una pala y me puso a limpiar el barro de delante de las puertas. Me faltaba el aire. Luego, me lanzó una laya y me dijo que abriera zanjas para el agua. Llevaba poca ropa y el frío invadió todo mi cuerpo. Unas gotas de agua se me colaron en las botas de goma azules. Me cansé enseguida, sobre todo porque los últimos días había comido muy mal. Estaban inquietas. Gesticulaban, golpeaban, gritaban, reparaban, arreglaban, cavaban y volvían a gesticular y volvían a golpear y volvían a gritar y volvían a reparar y arreglaban y volvían a cavar, cavaban sin cesar, luego lo cubrían.

Al cabo de media hora, Maria me agarró del cuello y me arrastró al interior de la escuela. Los caballos estaban tumbados sobre la tierra y, por lo que podía ver, no se encontraban muy bien. Me llamaba «polluela» y otras veces «pollito» en voz baja. Sujeté a los caballos para trasladarlos a una nueva cama de serrín, aunque la humedad había llegado a todos los rincones. Era una Maria nueva, de ojos saltones, de venas gruesas. Una Maria de la que me esperaba que me degollara como si fuera un conejo. Los caballos tenían ojos tristes, pero sinceros. El garañón se levantó y lo llevé del ronzal, pero el otro caballo estaba muy débil y me costó moverlo. Lo arrastramos con todas nuestras fuerzas. Tirábamos con toda el alma. Maria me dijo que era una niña muy mimada, y *los mimados desperdician* la vida verdadera.

Ordené los enseres para el cuidado de los caballos, limpié los cristales por dentro y extendí alrededor mantas suaves, algunas de lana, otras de mohair. Cuando estaba completamente helada, Maria me dijo que me fuera a casa.

La lluvia se había detenido, pero no la agitación de mis tías. Transformaron la casa en un depósito donde acumulaban bidones de agua, ropa, edredones, mantas, cazuelas, cereales, herramientas e incluso leña. Todo ello para los días negros que estaban por llegar.

Arhivarium

Habían transcurrido varias décadas anodinas desde el verano cuando un entusiasta de los territorios sagrados de la Reconquista vino a ver con sus propios ojos el imperio más vasto del mundo. El joven se mostró muy sorprendido cuando no encontró en aquellas tierras ni una gota de coca-cola. Apuntó en su agenda: *Veinticinco millones de kilómetros cuadrados y ni un anuncio de Coca-Cola.* Era moreno, de cabello ondulado, camisa verde de lino y un bigotito que a mi madre le recordó a los revolucionarios de Cuba. Un hispano que olía a agua de colonia desconocida en los bosques de abedules y pinos. Mi madre solía contar cómo la emocionó que él le besara la mano cuando se conocieron, un gesto muy poco frecuente en los arrabales de los suburbios moscovitas que olían a *Krasnaya Moskva.*[6]

---

6. *Красная Москова*, perfume muy conocido en el periodo soviético, producido por *Новая Заря* (Novaya Zarya). *(N. de la A.)*

Cuando el Holoceno penetró incluso bajo el Telón oriental, mi madre resumió brevemente un día de primavera en su agenda: *Cuarenta y uno. ¿Seguimos? 15 de abril de 1988.* Luego tomó un folio en blanco y comenzó a escribirle por decimoctava vez, para recordarle las tenazas del alma, la ingenuidad que la había invadido y que en otra época le hacía creer ciegamente en las fantasmagorías leninistas. Había empezado a hablarle sobre la época cuando odiaba al rey y a los nobles españoles que explotaban cruelmente al pueblo trabajador y oprimido. Celebraste los planes quinquenales y creíste que la llama comunista arrasaría Europa y la América *hueca* y con cuánta pasión luchaste, soñando con la victoria.

Cuando cayó el Muro de Berlín, cuando la utopía se disipó como los jirones de niebla bajo los rayos del sol, empezaste a arrepentirte de todos tus reproches y de tu empeño por escapar a Barcelona. Comprendiste demasiado tarde que los terratenientes de Toledo no son unos feroces barbilampiños que abusan de los campesinos sin tierra. Creías que también *él* era un pelagatos, un romántico guapo, cuyo amor aceptabas, pero no así una vida en común. Intentaste convencerlo para que se quedara, que se afiliara al partido, lo engatusaste con los campos de maíz de Jrushchov, con las glorias seniles de Breznev, con la predestinación mesiánica del pueblo soviético, un pueblo que ya no existe. Os dotaron de un espíritu obediente, os transformaron a todos en sombras de Pavlik Morozov.

Y ahora, tras el deshielo, tras el *hundimiento* del coloso de pies de barro, os hacéis la diálisis con Coca-Cola y Fanta. Las mujeres con pañuelos tradicionales de flecos te convencían para que te desembarazaras del descendiente de los

capitalistas. Ofuscaban tu mente con sus venenosos chorros de envidia por un amor nuevo, raramente encontrado
en las tierras malditas. Las arrabaleras te agujereaban los
sesos con ajenjo y con unos argumentos inservibles sobre
nuestros héroes, sobre nuestros chicos buenos de Sajalín
y Magadan. Que vosotros sois los hijos y las hijas de los
que forjan un mundo nuevo. *¿España? ¿En qué es peor
Chisináu?* Les hiciste caso y te convertiste en una traba-
jadora devota. Fuiste fiel a la *patria,* en un país que no
necesita patriotas. Te empeñaste en cruzar legalmente la
frontera finlandesa, rechazaste las noches de Toledo y los
colores extravagantes de Barcelona.

*Todos los días después de tu partida esperé una respues-
ta que nunca llegó. ¿Por qué no me escribiste? ¿Cómo no
respondiste a ninguna de las dieciocho cartas?,* terminaba
la misiva en tinta violeta en un balcón destartalado del
norte del país. Bajo el cuadro de Ivan Kramskoi y los
armarios con trenes de juguete y teteras de porcelana.
Junto a los libros de ganchillo y las confituras de nueces verdes, junto a las campanillas del vaso de cerveza y
las guirnaldas de pino, junto a las bolas de cristal y las
bolas pintadas a mano, junto a los álbumes con postales
de Toledo.

En cambio, conociste a mi padre. Maridos como papá
los tenían todas las mujeres de la ciudad. La disgregación
de la URSS destrozó su columna vertebral, sobre todo el
día de Navidad del año 1991, cuando la bandera roja, con
la hoz y el martillo entrecruzados, fue enarbolada por
última vez sobre el Kremlin. La sociedad de la verdadera
democracia se hundió a la vez que el Muro de Berlín, y
los saboteadores del sueño enfermo se convirtieron en
padres. Nuestros padres, los de las motocicletas alemanas

con sidecar, en padres con coches *Volga* y con *jeans* ame-
ricanos.

Mi madre soñó siempre con una juventud que jamás
le perteneció de verdad.

Siete
— ÚLTIMOS DÍAS DE NOVIEMBRE —

AL PRINCIPIO, LOS ARRECIFES DE TOLTRE te abrazan y te besan, sin que puedas sospechar que tienen una glándula de veneno en la boca. Un cenagal que engulle a todos los que se adentran. Una madriguera de zorros. Algunos tienen casas de madera, con cortinas en las ventanas y macetas de flores. La hierba contiene leche. Una leche amarga para parecer más verde.

—Hacen contrabando de semillas de amapola —dicen algunas voces sobre mis tías.

—Son damas nocturnas —dicen algunas voces sobre mis tías.

—Si te ponen la mano encima, no sales vivo —dicen algunas mujeres sobre mis tías.

Esa mañana decidí escaparme. Había tenido un sueño extraño. Apareció de repente una mujer con un niño en brazos y me dijo que había llegado el día. El sueño me causó asombro y me asustó. Pero me marcho, *más deprisa, deprisa*.

Tengo buena memoria. Sé dónde queda el extremo de Toltre. El autobús pasa a las cinco de la mañana y a las cinco de la tarde.

Me vestí correctamente: un jersey azul, falda hasta las rodillas, medias de lana, gabardina y botas de goma. La ropa resulta un gran incordio para el cuerpo, pero no se puede andar desnudo. Así me sentía más mayor, como si hubiera crecido. Una nueva juventud se escondía bajo los tejidos.

En lugar de maleta, cogí una bolsa. No tenía sentido llevar demasiadas cosas. La lluvia caía tan despacio que parecía dormir, *tiene las pestañas lacias.*

Permanecí un rato sentada en la cama para hacer acopio de valor.

Abrí la puerta del salón. Maria dormía como las mujeres de los cuadros. La oscuridad parecía más negra que de costumbre. La negrura, más profunda, *pero vamos, date prisa.* Parecía alquitrán congelado. Sentí al principio una punzada de duda. Pero me estaba haciendo un favor. En el fondo, mi madre no les había gustado nunca.

La puerta de la calle se balanceaba sin cesar, *huuuuuurhurrrrrr.* Crucé el salón de puntillas. Vi que la pierna de Maria se estremecía y me detuve. Dijo algo en sueños y entonces cumplí mi objetivo. La veranda de madera olía a harina de pescado. Un olor conocido, de días negros. Me miré de soslayo y pensé que era una decisión arriesgada. *Si no lo haces ahora, no te atreverás nunca,* resonaba en mi cabeza. *Este es tu mundo, lleno de tentativas falsas,* me habría dicho Maria. *Un velero siempre será un velero, independientemente de su bandera,* me habría dicho la Otra. En tu próxima vida nacerás con labio leporino, me habría susurrado Voica. *Si te da un bofetón, se lo devuelves de inmediato,* me habría ordenado mi madre.

La puerta no crujió.

Eché a andar por las callejuelas húmedas, por la densa oscuridad. Sentía que un aire pesado rodeaba mi cuerpo. Avanzaba despacio, apoyándome en las cercas de madera de arce, devoradas por los gusanos, o en las de malla de aluminio. En la boca, jarabe de arce. Mmm, se me hizo la boca agua. Dejé atrás todas las casas con los postigos cerrados. La oscuridad empezaba a deshilacharse. Su luz se transformaba en una tela azulada. Me sentí libre. Aquella mañana me sentí libre. Cuando llegué a la roca, me detuve. No había visto nada tan bonito hasta entonces. Me invadió un sentimiento de culpabilidad respecto a mi madre, tampoco yo puedo comprenderlo. Pensaba que ese sentimiento desaparecería cuando me encontrara a su lado. Si ella no viene, iré yo. Bajé despacio hacia la carretera. No vi a nadie. Dos perros, en cambio, aullaban a la luna. Descendía con mucha más confianza, *estoy orgullosa de mí.* En las faldas de la roca vi unas sombras. Me dije que estarían esperando al autobús. Esa idea me animó a seguir avanzando. Salté los pedruscos y dejé atrás la correhuela. Solo quedaban unos minutos para marcharme, para abandonar para siempre el mundo de Toltre. A lo lejos parecía oírse un ruido como de autobús. El resto, silencio. Pero ¿y si no viene? Tal vez el mal tiempo influyera en la ciudad, pero mi sueño era *verdadero.* Vendrá, seguro, cómo no va a venir. Un autobús de metal no se asusta por una lluvia campestre. Unos pasos más y ya está. Es como si el aire se volviera más cálido. Mis huesos se reblandecieron de repente. Ante mí había dos mujeres. Las dos —mis tías— en bicicleta.

—¿Por qué haces cosas descabelladas, Ileana? —me preguntó Maria. Habría querido responder algo, pero tenía la boca llena de saliva salada.

—Quiero que venga mi madre —balbuceé antes de echarme a llorar y de sentir un bofetón caliente en la cara.

El día se rompió como un cristal inmenso y se derrumbó sobre las rocas. Regresamos por el camino adoquinado.

Mis tías guardaron silencio durante todo el camino. Yo no sentía nada. Ni dolor, ni odio. Así eran los arrecifes de Toltre. Eran una trampa. Una trampa para mamuts y uros. Para las células vivas. Para los pólipos escondidos de la luz. Para los esqueletos de coral. Para un largo silencio. Para mi madre, sí, para mi madre, que ¿iba a venir?

Ocho

Soñé que sangraba mucho por la nariz. Sangre caliente, fresca como la leche de vaca. Cuando me desperté, tenía efectivamente la nariz manchada de sangre seca. Tenía sueño, pero me abrigué bien y me dirigí a la cocina. Las lámparas no se encendieron. El viento no se escondió. Exhibiendo toda su desvergüenza, estaba desnudo en los sofás, casi entumecido, como una gelatina trémula y pegajosa. La niebla y unas nubes grises oscurecían la habitación. Sentía que me latían las sienes y que se me subía la sangre a la cabeza. Me senté en la silla frente a él. Lo miraba a los ojos y no tenía miedo. En la taza quedaba un poco de té de cambrón frío. Lo tomé con un trozo de pan seco. ¿Te convencieron para que te quedaras o cediste tú? Más o menos así traduciría su pregunta. Luego desapareció, tan vacilante como había aparecido.

* * *

Miré por la ventana y vi que la antigua escuela tenía las puertas entreabiertas. Me calcé las botas y salí afuera. Llovía suavemente, un sirimiri. Abrí la puerta y entré. Maria estaba ventilando la estancia en la que dormían los caballos. Los animales estaban tumbados en dos coberturas de lana, por debajo tenían paja seca y mucho serrín. Les puso heno en los pesebres con una horca. El garañón negro ni siquiera se movió. Le pesan los párpados. Está cansado. Ella se arrodilló junto a él. Desenvolvió una loncha de queso y se la metió en la boca. Cuando me vio, empezó a gritar y a maldecir. Cogió un plato del suelo y me lo arrojó con todas sus fuerzas. Como fue un gesto inesperado, no llegué a agacharme y me golpeó en la sien. La sangre comenzó a manar a chorros. Cogió unos trapos y me limpió la herida. Luego me vendó la cabeza con un jirón húmedo y me dijo que, ya que había venido, la ayudara. En poco tiempo, lavé al garañón y lo cepillé. El caballo resollaba pesadamente, como si tuviera pólipos y las amígdalas inflamadas. Tal y como me pidió, le entregué un cajón en el que había una almohaza de goma, un cepillo blando y otro duro, un peine para las crines, un instrumento para limpiar las pezuñas, trapos suaves y esponjas. Llené una palangana de agua. Junto a la puerta había una cisterna de metal con agua almacenada. Maria huele a queso de oveja, huele a pastora. Le mira los dientes. El suelo cruje. Mientras yo frotaba, Maria ensartaba excusas, asegurándome que había sido un gesto de precaución, porque aquí nadie entra sin avisar. Es un lugar especial, íntimo. Por supuesto. Saca su pañuelo multicolor y se lo ata al cuello. Parece una mujer de buen corazón. Tiene las mangas recogidas. Desde arriba, el polvo desciende formando mansos remolinos.

* * *

Solo entonces observé que el garañón tenía unas manchas grandes como ranas extendidas por todo el cuerpo. Maria me dijo que tiene alergia a la humedad. Le aplicó novocaína y luego le curó cada una de las heridas. Le acariciaba la cabeza con sus dedos diáfanos. Preparó un lecho nuevo para el garañón, lo arrastramos juntas a una cama limpia y lo tapamos con la manta. «El caballo no es un perro», me dijo Maria, «pero tiene su dignidad».

El otro animal se mostraba tranquilo. Lo sacamos a una zona más despejada. Maria empapó la esponja en el cubo de agua y le humedeció el pelo. Lo masajeó con movimientos circulares. El caballo empezó a relajarse de inmediato. Tomó un puñado de jabón y comenzó a acariciarlo lentamente. Exhalaba vaho por los ollares. Al cabo de un rato le enjuagó suavemente todo el cuerpo. Le lavó las crines y se las recortó unos cuantos centímetros. Luego le retiró el polvo y la caspa del pelo, le frotó la barriga y las patas y le limpió la porquería de las pezuñas. Me dijo que hay que limpiar la piel, las crines y la cola todos los días. Es una persona triste a su manera Maria. Yo intenté cepillarlo y el caballo aguantó obediente. Tenía unos ojos grandes y resignados, como si pudiera ver todo lo que yo guardaba en mi interior. Lo conduje hasta su sitio y le di heno. Comía tranquilo. Le acaricié la cabeza una vez más.

—Se sienten mejor —dijo Maria.

Nos apoyamos en la pared, bajo las bombillas encendidas. Al principio guardamos silencio. Yo buscaba las palabras, ella buscaba las palabras. Me contó luego que la Otra había querido siempre estudiar arqueología. Cuando terminó la escuela, fue ingresada en el hospital y el médico le dijo que tenía una predisposición a una enfermedad relacionada con la memoria. Le aconsejó que no realizara estudios superiores, que viviera en un lugar aislado y limpio, lejos de la gente. Sus pulmones necesitaban aire puro. Permaneció una temporada en un sanatorio, y allí conoció a Dinu. Era guapo y fornido. Fue un gran amor que acabó con muchas palizas. La Otra lo abandonó y después se mudó definitivamente a Toltre. Al cabo de unos meses nació Codruţa. De padre desconocido. El acontecimiento coincidía, a la par, con la desgracia que había sufrido Maria. La Otra pensaba que se quedaría una temporada, pero jamás se atrevió a marcharse porque «no puedes salvar lo que está ya estropeado». De cualquier manera, se soldaban una a otra las fisuras cada día, se acusaban de toda clase de tonterías y se lamentaban porque solo mi madre había hecho lo que había querido «mientras que nosotras tuvimos que conformarnos con unas bagatelas». Hacía mucho que no tenían el brillo de un amor. Las paredes eran amarillas, y la lluvia las lavaba sin cesar. El mundo en el que vivían día tras día era diferente al que se habían imaginado. El cielo se rompía, ¡*relampaguea!* Empezó la tormenta. Hojas grandes arrastradas por los remolinos. Nunca había visto un cielo tan luminoso. Como si relampagueara por dentro. Luego empezaron a caer bolas de hielo. Coloqué la cabeza entre las piernas y me tapé los oídos con las manos. No tenía sentido sentir miedo, pero no soportaba oírlo. «Ya viene, ya viene enero», dice Maria.

La lluvia repiqueteaba en el tejado con una precisión asombrosa. El viento frío se colaba por todas las rendijas. Poco a poco, desaparecía la ilusión de la lejanía y nos encerrábamos en un capullo de algodón. Empezó a dolerme la cabeza de nuevo. Maria sacó todos los cubos de agua sucia a la calle y los vació delante de la escuela. El agua se desparramó como una lava de espuma o como la espuma del café. Se escurrió por los senderos estrechos, *que se vaya*.

Entré en la casa de inmediato. Tenía las mejillas coloradas y frías. Temblaba tal vez de frío, tal vez de miedo. Codruţa estaba en el salón bajo los cuadros de los caballos azules. Me miró en silencio, pero no preguntó nada. Percibí mucha tristeza en sus ojos. Me dijo que tenía fiebre de nuevo y que le dolían las amígdalas. Parecía un poni o un burro, me cuesta decidirme. Vivirá aquí para largo. Hasta la primavera. Y hasta el invierno. Y vuelta a empezar. Me despojé de la ropa húmeda y la coloqué en el respaldo de una silla. Unos hilillos de agua se escurrían al suelo. Se oye un golpe y un crujido. «Está desollando el último conejo —me dice Codruţa—, lo tenía escondido.» Bajo los pesados candelabros, Maria selecciona la carne. Con las manos rojas, embadurnadas de sangre, pringadas de cuajos. Luego, cierra las puertas y prepara el guisado. Para conservar el jugo, lo pone a fuego lento para que penetren el color y el sabor. Come sola. Desprende unas tiras tiernas de los huesos, introduce cada tira en una salsa aromática y luego se la mete en la boca, las mastica despacio.

Para escapar del frío y de las ganas de comer, saqué del armario dos tarros de miel de acacia y dos cucharas. Me senté frente a Codruţa en un taburete y empecé a engullir con apetito.

—¿Cómo será mi padre? —preguntó finalmente.

—Nada especial, un hombre corriente —le respondí.

—Yo solo lo he visto una vez. Cuando mi madre se puso enferma. Fui a buscarlo para que me ayudara. Llamé a su hermana, Valentina, pero ella me dijo que estaba resolviendo unos asuntos en Chisináu. Más adelante nos vimos. Se quejó de llevar una vida muy dura. Se mostró muy frío. Su esposa no me quitaba ojo y no dejó que habláramos ni un minuto a solas. Él no decía una palabra sin mirarle a los ojos. Al cabo de un cuarto de hora, se fueron. Se llevó mi única muñeca, de recuerdo. —Codruța hablaba despacio y sus palabras rodaban en la penumbra.

—Es una suerte que haga frío, de lo contrario nos atacarían las avispas —le respondí.

Ella guardó silencio.

—Pero tienes a tu madre —intenté animarla.

—Ajá.

La Otra se sentó junto a Maria. Mojó un trozo de pan en la salsa y se lo metió en la boca. Cerró los ojos. Comía. Me dije que no debía vigilarlas, no debía buscarme disgustos. Codruța empezó a temblar levemente. La envolví con la manta de cuadros. Al cabo de unos minutos, me dijo que quería dormir. La acompañé a su habitación. Allí el aire era bastante húmedo y las paredes, muy frías. Junto a la cama vi un acuario en el que nadaban dos peces. Se escondían entre unas cosas verdes que ella llamaba plantas. Me dijo que los alimentaba con libélulas congeladas, pero también con animales vivos. «Un pez bien alimentado se pone demasiado gordo y muere demasiado rápido.»

Le leí unos fragmentos de *Fata cu harțag,* luego le hablé de Odessa y de las ciudades con mar. Le dije que las ciudades sin mar son como casas sin ventanas. Fingía escucharme.

Le leí varias noches seguidas.

Me quedé dormida a su lado pensando en mi madre. En mi duermevela, yo crecería por encima de las estaciones del año y solo mi madre crecería en mí como un pájaro en las alturas. Y entonces, en mi duermevela besaba a alguien varias veces en cada mejilla para que sus ojos grandes no se cerraran. Hacia el amanecer, soñé que no crecería jamás.

A lo lejos, en el campo, la leche de mi madre se vertía sobre el mundo.

NUEVE

DENTRO LA LUZ ERA SEDUCTORA, con reflejos azules y nacarados. Cuando entré en el salón, Maria y la Otra estaban en el diván de los muelles rotos, sentadas de frente. Maria le leía un poema con pasión, las palabras brotaban de su garganta sin aspereza, con suavidad, como el susurro de un silbo estropeado.

—No me gustan los poemas sentimentales, déjalo.

—¿Quieres que te lea a algún ruso?

—Por supuesto que no.

—Así te vas a quedar, tonta del culo.

—Pues muy bien.

—Tonta de remate.

—Todavía mejor.

—¿Qué tendrás en la cabeza, so tonta?

—No entiendo, ¿qué es lo que quieres?

—He pensado hacer un curso de zapatero.

—Otra vez con los negocios. De caballos, de artesanía, y ahora una tontería nueva.

Ese día tuve la impresión de que vivíamos en acuarios o en vasos o en jarrones redondos o en frascos. El mundo exterior era para nosotras un paraíso perdido, bello como un sueño que no iba a suceder. *No hay nada más humillante que el espectáculo de la desesperación,* habría dicho mi madre. Tendré siempre solo esa edad, cuando llovía monótonamente. *Hoy el cielo está perezoso.* A veces ese caos hacía feliz a Maria. Leía en su rostro la indignación y la satisfacción y las manos lavadas a su debido tiempo, el pañuelo anudado al cuello, las mangas largas y la ropa limpia.

Me parece recordarlo ahora.

Después de cortarse las uñas, Maria se perfumaba las manos. Luego corría las cortinas amarillas y encendía las luces para, más adelante, hacer lo mismo al revés. *Tiene miedo a la pobreza,* habría observado mi madre, *todos la temen, lo llevan en la sangre.* A su alrededor se disolvía todo, los colores se mezclaban a medias con el negro, los espejos se hacían añicos, el agua caía sobre los techos, sobre las cimas de los montes, sobre las ciudades, sobre los puentes, sobre los dedos. El agua llegaba en torbellinos, se iba en remolinos. El agua llegaba en torbellinos, se iba en remolinos. El agua lo arrastraba todo a su paso. Lavaba la memoria. Lavaba los recuerdos. No vi en ella ni sombra de compasión, de recuerdos, de congoja. Nada. Es fría como el hielo. Es fría como el granizo. La miraba soñadora. Yo, aquí arriba, ella, allá abajo. Me preguntaba qué tendría en la cabeza. Bajo las melenas rojas y los labios morados. De todas formas, en su casa o tal vez la nuestra, nada importa, nadie importa. Nos olvidamos de todos y los utilizamos como si fueran objetos. Cuando empiezan a amarnos, los abandonamos, con las paredes desconchadas, con los sofás estropeados, con el polvo y el moho, con las alfombras manchadas, con las mantas raídas, con la humedad, con las flores secas, y no arreglamos nada. Todo lo que importa es la vida; la médula, los ganglios linfáticos, el aquí y ahora.

Estoy todavía ahí, en su casa. Mírame.

Maria, me parece verla en pleno arrebato, hace la limpieza, limpia las ventanas, mata las polillas, tronza los leños en cuatro, los coloca cuidadosamente, tira todo sobre las mesas, sillas, jarrones, cuadros, tira agua al suelo, tira agua hacia arriba, finge olvidarlo. Me corta el pelo con las tijeras. A continuación, más tarde, cuando cae la niebla, nos invade la soledad, la inmensa soledad, la infinita soledad, la más negra de todas, y el olor a limpio, a jabón hecho en casa, a resfriado, a podredumbre, a frescura, a leña, a hierro, a distancia, a mi madre, sí, a mi madre, al silbido de la muerte, se pega a mí. Me ve flotando, lo veo mirándome con interés. Es día de fiesta.

Luego veo a Maria, pero no es ella. Es otra mujer. Es decir, es ella, pero es distinta. Es como en sus cartas. Cartas dirigidas a una mujer. Cartas en las que le habla sobre sus relaciones amorosas con hombres distintos. Esas cartas como «pequeños islotes de salvación». Cartas en las que se lame los dedos como un perro. En las que los días y las noches están llenos de voluptuosidad. En las que sale con ellos, los besa, la poseen, la lavan, se queda con ellos por la mañana, pero nunca le da miedo «eso». En las que no la amenaza ningún afecto. En las que no necesita a los demás. En las que les dice que les miente, que les habla sobre el amor, pero, de hecho, no siente nada. En las que ellos fueron muchos, con la ropa agujereada por las polillas y con chaquetas de piel, con zapatos cedidos y sandalias, en tabernas, en trenes y en buhardillas. En las que cuando escribe parece sollozar. Tiene una escritura clara. Leo y me duele, *es desdichada, que lo sea, está llena de pecados.* Luego se despierta e intenta olvidar. Camina, camina, camina hasta las cimas por callejas llenas de correhuelas. Mira el vacío y el olor salobre de la muerte la seduce. La muerte que hace justicia, la muerte que vence, la muerte que es lo mejor de todo, la muerte inmensa. Y luego regresa a casa, a paso rápido, por la llanura, por el campo de trigo, por las viñas, por todas las soledades, por todas las inmensas soledades, por el aire frío y el viento salobre del invierno.

Estoy aquí, me he vestido a oscuras, *pero no te preocupes.*

Luego la veo de nuevo y es ella. La antigua Maria, la del rostro severo, los gestos fijos, las formas ensayadas, su mirada, su ropa. Como si no pudieran pertenecerle. Como si traicionaran su deshonra.

Recuerdo todo ahora, la Otra toma un cuaderno marrón y un lápiz. Dibuja un mapa con una rapidez fuera de lo común y marca puntos en la hoja y los une y luego saca del sobre unas fotografías con motivos históricos. «Ahí —dice ella— identificaron los arqueólogos por lo menos tres yacimientos antiguos. Uno de ellos es Maetonium, mencionado por el geógrafo Ptolomeo.» Extiende sobre la mesa un mapa antiguo, roto y con las esquinas desgastadas. «Es la Ciudadela.» Maria le grita sin titubear: «En realidad, también es Maetonium». Tiene unos gestos apresurados, la mirada vacía. Me dice que no busque pasiones, que me harán sufrir. Poco a poco, su tono se vuelve más cálido y más sentimental. Como si estuviéramos en *familia*. Me sentía en cierto modo aliviada y, de vez en cuando, me parecía incluso interesante.

En medio de la casa se acumulaban montones enteros de papeles, de sobres, de objetos.

Maria se encendió un cigarro. Se sirvió vino tinto en una taza y miraba a la Otra indiferente y hastiada. Seguramente había escuchado esa historia mil veces. «Estás llenando con tus tonterías la cabeza de una niña», le soltó. La Otra interrumpió su relato por un instante. Tras una pausa breve, sacó un cuaderno azul en el que había pegado unos cromos, restos de fotografías y muestras de madera y otros objetos delicados. «Está también la ciudadela de Hermanariu donde encontraron chozas y un edificio en el que fundían el hierro, bastante pequeño», Maria le reprochó que estaba exagerando y si no puedes saber lo que hiciste hace un año, cómo vamos a creer en historias de hace cientos y miles de años. La Otra fingió no oírla y ni siquiera la miró. Maria se echó a reír a carcajadas histéricas. Miró por la ventana. La lluvia caía menuda, pero lenta. Por primera vez observé en su rostro un atisbo de placer. Le dijo a la Otra que tendremos que afirmar que nos gusta la lluvia, si no queremos que nos engulla.

La veranda empezaba a pudrirse y algunos postes se habían hundido profundamente en la tierra. El ruido se había vuelto insoportable. En la habitación de abajo, el agua había superado el nivel permitido en el depósito. Se ondula. Está a punto de cubrirnos. Un poco más.

Maria tomó otro sorbito de vino y en el que quedaba apagó el cigarrillo. Se puso ostentosamente un vestido de mi madre. Empezó a contonearse delante del espejo. La Otra se llevó sus cuadernos y los puso delante de la ventana. Trasladó sus montones. Yo me senté junto a ella. Me gustaban la textura de las portadas y todas las anotaciones. Me dijo que en el estrato correspondiente a la Edad del Hierro temprana identificaron una pequeña necrópolis: enterramientos realizados según el ritual de la cremación.

Maria se echó a reír, *cuántas tonterías*.

Acaricia el cabello de su sobrina. Lo alisa, pero ella no relincha.

Mira luego el cielo oscuro, alterado y sombrío. «En eso consiste el genio del mal, en que con el tiempo se convierte en una broma, en que se carcajea.»

Diez

La lavadora emitía unos ruidos extraños, como si alguien en su interior estuviera dando golpes con un hacha. Era muy vieja y seguramente los rodamientos estaban estropeados.

La noche fue angustiosa. Tuve varias pesadillas y dos sueños breves. En uno hablaba con Dios por teléfono, y en el segundo caía al vacío entre rocas. El vacío se afilaba y se volvía más profundo. La caída no era dolorosa, sino suave. Por eso lo tomé por un sueño. En una pesadilla, Maria desollaba a mi madre. No recuerdo las otras dos. En cuanto al tiempo, el viento arreció y la lluvia se hizo más agresiva. Golpeaba con fuerza contra la superficie de madera de delante de la casa. Oía a Codruţa toser reventándose los pulmones. Codruţa, la-de-la-piel-blanca. Al principio me daba miedo la lluvia, pero ahora ya me he acostumbrado. Tengo la impresión de que, si cesara de repente, me haría sufrir. Me siento tranquila cuando la oigo. Se oye también el viento paseándose por la habitación. Como si estuviera vestido. Si no lo está, le doy alguna prenda de mi madre. Es mi único amigo.

Sí, me he hecho su amiga.

Entretanto, las flores murieron en las macetas.
Los caracoles se secaron en sus hojas.

La tarde llegó demasiado pronto. El tiempo no se respetaba a sí mismo ni respetaba a quienes lo rodeaban. Los caracoles murieron de vejez prematura, yo envejecí a pesar de ser una niña, Maria engordó por haraganería, la Otra adelgazó sin hacer nada. Una dejadez de gran nivel. Ya no tenía noticias de mi madre, pero cuánto me habría gustado que viniera. Que apareciera así, de repente, como surgida de la nada. Los gestos y el comportamiento de mis tías contenían una verdad. Una verdad que yo, con aquella edad, aplazaba. Yo correteaba siempre por mi cabeza, mientras Maria estaba siempre preocupada con los cálculos y las firmas. Era ella, Maria, la que estaba poseída por una determinada venganza, un arreglo de las cosas que habían escapado de su control mucho tiempo atrás. Era ella, Maria, a la que no le había tocado nada, la Maria de los frutos prohibidos, la Maria de los papeles incoloros, la Maria sin fortuna. Por lo que pude entender, consiguió vender el garaje, aunque fuera por poco dinero, y puso nuestro piso en alquiler. Había alguien en la ciudad que le echaba una mano en todos esos asuntos. *Algún querido,* habría dicho mi madre. Esperaba un noviembre en el que me contara algo, pero ella me ignoró por completo.

Sabía que después de que sucediera todo, lo más probable era que me enviara a un internado. Porque así era ella, la Maria con corazón de serpiente, la Maria de la que se habían desprendido todas las Marias. La Maria infectada de soledad. La Maria congestionada, con el rostro seco.

El tamborileo de la lluvia se acentuó. Los truenos parecían estrellas del rock. Ruidosas, oscuras y con muchos brillos.

Pensé en bajar a la cocina y tomar vino. Pero, al fin y al cabo, no habría tenido demasiado sentido. La indolencia parecía más dulce que la miel. La indolencia que de todas formas se lo llevará todo. La indolencia que agujereó todos los días. Comía lo que encontraba por los armarios, restos de alimentos, fruta o verdura. Luego leía en mi habitación. La Otra estaba preocupada por los papeles y, últimamente, se comía las uñas sin cesar. El agua se había escurrido dentro de la casa, el frío acariciaba con más acritud cada vez y el olor a moho se colaba incluso en los sueños. Maria la acorralada por la miseria, sin fuerzas, sin suerte, se mostraba indiferente, como si en su fuero interno tuviera conciencia de que no había ninguna diferencia entre estar vivo y estar muerto. Tenía la fortuna de ser bella, porque la belleza forraba todos sus defectos, la revestía de una especie de indiferencia natural.

Me amenaza en broma con enviarme al orfanato. Me advierte agitando el índice, luego con el puño, *tonta*. Encuentra galletas en una tetera y se las mete en la boca riéndose. Las galletas parecen buenas, crujen, *crunch-crunch*. «Eh, ¿dónde está tu padre?», me pregunta y ella misma responde: «Con alguna de tetas duras». Me dice que mi padre siempre ha amado a otras mujeres. Que quería que yo fuera un chico. «La vais a enterrar viva, tu padre y tú. Tú por mimada y él por mujeriego.» Maria tiene sus propias verdades. «Cuando naciste, la dejaste extenuada. Fue un error desde el principio. Ni siquiera te tuvo por amor», su boca huele a flores de vainilla, luego a chocolate.

La lluvia cubre Toltre con gotas de hielo, otras veces con copos. Estamos a las puertas del invierno. Qué bonito es el invierno en Toltre. Aquí las casas se construyen a mano, se recubren con ladrillos, se embadurnan con barro y soledad. No un barro cualquiera, sino uno aplastado con los pies.

Cada día estaba sellado por la calma de una y la agitación de la otra. Sus gestos eran ilógicos, sus pasos no llevaban a ninguna parte, todo lo que cogían con las manos se malograba, se transformaba en humo. Ya no las oía, tan solo leía sus labios. Los días pasados, la Otra retiró todos los cuadros de las paredes y los hizo añicos. «Somos animales», luego se tiraba en el sofá y se ventilaba varias copas de vino. Otras veces se echaba a llorar como una histérica y fingía desmayarse sobre las alfombras mullidas y sobre las mantas. Rodaba por las escaleras y volvía luego a la silla de mimbre. Para detener el temblor de manos había tomado toda clase de tisanas, infusiones de hipérico, cola de león, menta, mezcladas con lavanda, valeriana, anís y cola de ratón, de hierbas sanadoras de cólicos, de alteraciones nerviosas, estrés, preocupaciones. Se cortaba las uñas, se cortaba los vestidos, se cortaba el pelo. Aullaba y reía, aullaba y hacía reverencias, todo al mismo tiempo.

* * *

Yo vivía sobre todo en mi mundo y, de vez en cuando, en el mundo de Codruţa. La ropa de mi madre estaba desperdigada por todas partes. En las butacas, en los armarios, en el borde de las sillas, en cajas de cartón, sobre los candelabros, en las escaleras y las repisas, en las lámparas y los divanes. A veces, en medio de la noche, brotaba de ella el olor de mi madre. Como una hebra de mohair, flotaba en todos los rincones. Yo observaba, soñadora, cómo se fundía, cómo desaparecía con descaro, sin remordimientos, sin dejar huella.

La locutora de radio no volvió con buenas noticias. La radio se había estropeado. Con cada consecuencia de la lluvia, la Otra montaba un escándalo. En poco tiempo, el trigo se enmoheció, y las cepas de Fetească Albă chapoteaban en el barro. Los rodrigones se habían roto y parecían cuerpos clavados en un frente de guerra. La guerra contra la lluvia. La puerta del granero estaba arrancada y se ensuciaba delante de la casa. La lluvia lo arrastraba todo a su paso. Lo lavaba todo. Sentí que me dolían los brazos desde el hombro. A veces llovía hielo, a veces copos. Pensé entonces que debería hablar con Maria sobre mi madre. De todas formas necesitaba una explicación. La encontré en la cama, rodeada de papeles. Tenía las gafas de montura gruesa en la nariz. Fingió no verme y continuó leyendo, aburrida. Entonces pregunté si no tenía noticias de mi madre. Me respondió seca, sin energía, «No». Insistí para que me dijera si no me había enviado alguna carta a Toltre. Me hizo una señal con la mano para que me marchara. Pero yo me quedé en mi sitio. No me moví. La miraba e intentaba adivinar por qué lo hacía, por qué estaba aquí cuando podría estar en cualquier otra parte, por qué le gustaba tanto la ropa de mi madre, por qué conservaba los caballos. ¡Quería preguntarle tantas cosas, quería decirle tantas cosas! Junto a la cama, en la mesita de noche, vi varios sobres amarillos. Maria me dijo que no tenía ganas ni tiempo de escuchar mis gimoteos. Como yo insistía, me agarró de la camisa y me empujó con todas sus fuerzas hasta las escaleras. Tenía dos ojos medianos de escorpión. Sus manos terminaban en garras.

Yo de todas formas volví y me quedé detrás de la puerta. No me atreví a entrar, pero seguí mirándola a través de la cerradura. En su bonita habitación, las cortinas estaban desprendidas, tenían manchas y huellas de dedos. La lámpara de techo, estropeada al igual que la mayoría de las cosas que la rodeaban y que ella conservaba como si funcionaran. Permanecí allí varios minutos. Después de leer, se tumbó en la cama. Arregló cuidadosamente las almohadas y estiró la lencería de cama. Se acercó al espejo y con las yemas de los dedos se pintó los labios de rojo, se puso una combinación vieja de un matiz rosa pálido, de nailon, emperifollada con encajes en los tirantes y un volante de seda en las caderas. Tenía también dos flores de amapola blancas, una entre los pechos y otra abajo, en el faldón. Luego se acostó desnuda boca arriba y se cubrió con una sábana transparente. Abrió las piernas, pero no del todo. Se movía despacio, después más rápido, más rápido. Levantaba el pubis y volvía a bajarlo. El viento se posa en ella. Se desliza, jadea, maúlla, *desvergonzada.* Jadea profundamente, con la boca abierta. Se agarra las nalgas, *yegua,* se estira. Se pasa la lengua por los labios secos, salados, babosos. Tiene una lengua roja como las flores de la guindilla. Se deja caer exhausta boca abajo, *maldita desvergonzada.*

* * *

Esa noche me costó conciliar el sueño. Me atormenta-
ban cientos de pensamientos. Volvía a verla moviéndose,
tocándose. Me daba asco. Me concentré en la caída de la
lluvia y tuve la sensación de que me convertía en agua.
Me cubrí con el edredón y me metí la mano dentro de las
bragas. Intenté imitar a Maria y sentí cómo una oleada de
calor brotaba de mi interior.

Al final, me invadió un sentimiento de culpa y de ver-
güenza.

Soñé que estaba en la ciudad que me había prometido
mi madre. Al parecer, teníamos que trasladarnos, estábamos en enero. Por el cielo nublado volaban cientos de
cornejas. Se veían en bandadas, luego volaban formando
un ocho. En un determinado momento, desaparecieron.
Luego, me pareció estar en otro camino acompañada por
otra mujer. Y no era mi madre, sino una nueva amante de
mi padre. Recorrí con ella varias calles y, en un cruce, di-
visé a mi madre. Entonces, la-mujer-amante-de-mi-padre
cogió unas piedras y empezó a arrojárselas, y yo la imité.
Y las dos le lanzamos piedras a mi madre. Me desperté
sudando. Con un sentimiento de traición.

Salí al salón. Mareada por el alcohol, la Otra dormía con
un vestido rojo de lunares, es decir, con el vestido de mi
madre. Quedaba bien sobre su cuerpo voluminoso, con
curvas. Ya no me parecía huesuda ni delgada. Tenía otro
aspecto. Sus tetas lacias afloraban fatigadas por el esco-
te. Su vientre redondo colgaba sobre sus muslos de pollo
broiler, ondulantes y dorados, de tal manera que, en la

posición en que se encontraba, una parte le caía sobre el pubis como un escudo de piel. Se parecía en cierto modo a mi madre. Había dejado la ventana abierta y el salón olía a amarillo y a mujer golpeada por la vida. La lluvia emanaba un perfume diferente cada vez.

Por la mañana Maria me dijo que mi madre no iba a venir.

Entré en la cocina y empecé a romper vasos y platos. Me temblaban las manos y me calmaba después de cada estruendo. Maria entró furiosa, con el cabello revuelto. Me agarró por los hombros y me lanzó contra la pared. Caí sobre una cadera, contra el borde de un taburete. La agarré de la camisa y empecé a darle puñetazos, *mala pécora, mala pécora*. Mi atrevimiento la pilló por sorpresa y me soltó varios bofetones. Se me empezó a escurrir un hilillo de sangre de la nariz. Volqué la mesa. Le escupo, me escupe. Me sujetó las manos y me las puso a la espalda. Sentí un dolor agudo, como si me las estuviera arrancando. Permanecí varios minutos en esa posición. Le grité que no había sido y que nunca sería como mi madre. Me empujó contra la puerta con todas sus fuerzas. Me tropecé y caí al suelo. Dejé huellas de sangre. Me decía una y otra vez que soy una desgraciada, una víbora, un demonio. Le respondía que estaba más amargada de lo que ella creía, que era una mala pécora asquerosa que se merecía todo lo que tenía. La enojé tanto que le temblaban la barbilla y los puños. Empezó a golpearme por detrás, *la muy zamba*. Conseguí escapar a mi habitación.

Para mi sorpresa, no vino en mi busca. Me quedé en la cama horas y horas. Se oía una música ligera.

Detrás de la ventana, todo se había vuelto mucho más triste, con las nubes envueltas en la niebla. La lluvia parecía dibujada a tinta china. *Ese es su encanto,* habría dicho mi madre.

Soñé que mi padre me enviaba mi primera ropa deportiva, nueva, azul, sin estrenar.

A R H I V A R I U M

le traje tabaco de Hungría, fermentado al vapor, de color amarillo ocre, me senté frente a él, las cejas crecidas le cubrían los ojos, tenía el vientre hinchado y el cabello grisáceo, señal de que se había entregado al paso del tiempo y de sus leyes, y cuando volvía a verlo, una vez cada tres o cuatro años, me apenaba no haberlo conocido de verdad jamás, lo detestaba y al mismo tiempo deseaba acercarme, decirle «esta soy yo, papá, conóceme, reconóceme», mientras su mujer me servía en el plato sopa de pavo y luego me hacía comer una salchicha con bolitas enteras de tocino, y él se incorporaba diciendo: *así es la vida, a mí tampoco me queda demasiado,*

tenía en la punta de la lengua la misma pregunta, desde hacía un montón de años, de un arhivarium, pero tampoco esta vez me atreví a hacérsela, tragué en seco el trozo de salchicha con pan mientras él se liaba un cigarrillo, lanzando hilillos de humo, lanzando haces de humo, como los había lanzado durante todos aquellos años, incluso aunque en casa las cosas parecieran iguales, aunque todo era igual, sobre el televisor vi una fotografía de una niña, creo que era mi única foto, era mi único recuerdo, con el cabello revuelto, fue el único día en que vino a *aquel* lugar para verme, yo tenía el pelo quemado por el sol y muy corto, como si llevara un cuenco en la cabeza, la mujer que me había adoptado le respondió: esta hija tuya es una huérfana con un padre vivo, *tvoi rebeonok sirota pri jivom otţe,* la ilusión de los tesoros no encontrados lo persiguió durante toda la vida: incluso ahora, a los setenta años, la epopeya del oro enterrado detrás de la casa regresa, regresa indefectiblemente, después de varios vasos de vodka, está más viejo y más triste y me entran ganas de abrazarlo y de decirle que no todo está perdido, que llegará el día en el que el lobo vivirá junto al cordero, y el niño jugará junto al nido de la cobra, conoceremos al jabalí que devora las mieses y luego el tiempo perdido y las ilusiones y los años que no hemos conocido regresarán,

pero nada regresa, y ese día en que seguía preguntándome si quedan paraísos perdidos o toltres salvadas y no sabía qué decirme, hoy me diría que no quedan: que el lobo no se queda con el cordero, y que el niño no juega junto al nido de la cobra, sigue siendo un desconocido el jabalí que devora las mieses y además los años que no conocimos no los conoceremos, solo nos corresponden unos retazos de mitos con nombre de cielo, restos de amor de un universo a la deriva.

Once

Esa noche el viento choca contra las paredes y rompe las bombillas de la veranda. La lluvia continúa azotando con rabia, golpeando con furia el esqueleto de la casa. Las gotas de agua caen con la precisión de un relojero. Algo golpea violentamente la puerta. El frío se cuela por las grietas de las ventanas y penetra, sin timidez, en la habitación. Parece reinar el silencio y en un determinado momento he ido al salón. Las paredes estaban sucias, salpicadas de barro y, en algunos sitios, de rojo. En el sillón había una mujer con las piernas cruzadas. Tenía una cara redonda, con unos ojos pequeños de lechón, con la piel oscura y el cabello suave como el diente de león. Aquel rostro alcoholizado había envejecido antes de tiempo. Llevaba una chaqueta militar y una gorra de marinero. Maria y la Otra estaban sentadas a su lado y no decían nada. Ante ella, en un plato, yacía el esqueleto de un pichón, junto a un trozo de pan esponjoso. Se chupó los dedos gruesos y manchados de aceite, luego se los limpió en los pantalones. «¿Por qué coño has dejado que entre el barro en casa?», le preguntó de repente a Maria. «¿Por qué has venido? ¿Tenías algo que hacer en Toltre? ¿Eh? ¿Has venido con alguien más?», le preguntó la Otra. Se quitó la chaqueta húmeda y, en lugar de responder, pidió una taza de té. La Otra le trajo el té en una jarrita con flores pintadas, mientras Maria fingía ordenar algo. La reconocí, era la tía de mi madre. Vestida de hombre, con una mirada severa, sin edad, estaba como en las fotografías. Después de tomar un té de melisa y comer unos trozos de pan, le pidió que llenara la bañera de agua. Maria le dijo que no teníamos agua, y ella no respondió. Estiró las piernas sobre la mesita de delante del sillón. Maria retiró el plato con el esqueleto del pichón y lo llevó a la cocina. Tenía diez dedos como diez salchichas. Se limpió los labios pringosos con la muñeca y le dijo que estaba buena la carne. Luego sonrió, dejando que una línea de grasa se escurriera por la nariz y la barbilla rellenita. Tomó un vaso de agua en el que se ahogaban dos cubos de hielo y se los tragó enteros.

Siempre siento miedo ante las mujeres de dedos gruesos.

Era un decorado alucinante.

—¿Por qué has venido? —le pregunta Maria con voz temblorosa.

—Es invierno en Toltre —le responde la mujer.

Maria camina por la habitación, mira hacia el exterior.

—He venido por ella. —Y me señala a mí.

Tamborileaba los dedos rítmicamente sobre la mesa. Al cabo de un rato, golpeó la mesa con la pierna y le gritó claramente a Maria que le preparara un baño. Ella obedeció. La Otra le pidió que se calmara. La mujer tomó un periódico del suelo y comenzó a leerlo. Las letras se escurrían una a una y se convertían en ciénagas de tinta.

—¿Estás mirando las fotografías? —se atrevió a decir Maria.

—¿Te crees que soy tonta? —le gritó con los dientes medio cariados—. Te he educado como he podido, y tú crees que soy tonta, puta estéril. —Agitaba los puños, lo repetía enloquecida, hecha un manojo de nervios.

Cuando me vio se calmó y le preguntó a la Otra si se había portado bien conmigo. Empezó a acariciarme la cabeza con sus dedos gruesos. Yo me eché a temblar.

—¿Cuántos años tienes? —repitió varias veces. Al ver que no respondía me dijo—: ¡No me tengas miedo, tonta! Deberías tenerles miedo a ellas. —Guardó silencio un rato y luego me susurró que la había enviado mi madre—: Nos marchamos hoy, se nos acaba el tiempo.

No sé a qué se refería, pero su rostro no me inspiraba confianza.

Cuando entró Maria, se giró bruscamente y le preguntó por qué me vestía como a una puta. Llevo un vestido transparente de mi madre. Me llega por debajo de las rodillas, pero se ajusta a mis caderas. Es un vestido de seda, escotado. Ella le contestó que fuera al baño y que cerrara la boca. Entonces, la tía de mi madre la agarró del muslo y le susurró con decisión que me hiciera las maletas, *que-hi-cie-ra-las-ma-le-tas*. La Otra le dijo que no empezara de nuevo con la historia de siempre y que se dejara de tonterías, que, de lo contrario, llamaría a la policía. Ella soltó un breve relincho y le dijo que a esas alturas podía llamar a quien quisiera, *desvergonzada*. Sacó del bolsillo unos documentos arrugados y le dijo que los leyera en voz alta. Quería también la copia del cuadro de Ivan Kramskoi, la ropa de mi madre y las escrituras de nuestra casa.

Maria se abalanzó y le arrebató los papeles de las manos. La tía de mi madre la agarró del cuello, la levantó y la arrinconó contra la pared.

—Gallina vieja —le gritó Maria—, te voy a rajar como a un conejo.

La tía de mi madre le apretaba el cuello con sus dedos gruesos. Yo empecé a gritar. Aunque estaba temblando, las amenacé con un cuchillo. La tía de mi madre me miró con pena y se echó a reír como una loca. Le soltó un bofetón a Maria llamándola hija de puta y la lanzó a un rincón. Luego le rompió la camisa a la Otra y esta se puso a gritar como una histérica. La arrastró al baño. Yo le rocié la cara a Maria con agua. Cuando volvió en sí, Maria le arrojó a su tía toda clase de objetos. Enfurecida, la arrastró hasta el final del pasillo. Se le quedó piel vieja debajo de las uñas. Yo corrí tras ella. Me aferré a sus piernas. Arrastrábamos a nuestro paso pañuelos, mantas o ropa, trozos de cartón, trozos del techo, de cortinas. Los cuadros se desprendían de las paredes y caían al suelo. Ella tenía mucha fuerza. No se cansaba jamás, *es robusta.* Me cogió de la mano y me condujo a la habitación de las maletas y nos tapó la boca con los pañuelos de mi madre.

Luego, no recuerdo más.

Me desperté empapada en sudor en mi habitación. Estaba en mi cama. Había dormido tan profundamente que me había apretado la vagina con las uñas. La arañé hasta dejar en las sábanas manchas de sangre. Me dolían las piernas. Me dolían los brazos desde los hombros como si alguien estuviera tirando de ellos. Me dolía el pelo. Me dolían los huesos.

Tenía cicatrices en el cuerpo. Estaba aturdida y fui corriendo al baño. Entonces observé que tenía el puño izquierdo cubierto de sangre seca. La tenía también en la nariz. En la cara me habían aparecido ojeras. Me lavé con agua fría y me sequé con una toalla limpia. Los ojos se me aclararon. El viento doblaba los arces con sus ráfagas furiosas. Las gotas de agua caían muy despacio, con un algo funesto. Esa casa se había convertido en un búnker de hormigón con una veranda de leña podrida. Con las cortinas de tul de color plateado. Un panteón. Un reino de las sombras de la muerte. Aquí incluso las sombras tenían una expresión sombría y unos rizos como serpientes.

Habría querido que fuera un sueño, pero a ti no te sorprenden ya los sueños.

En el salón no había nadie.

La casa está exhausta.

Huele a algas descompuestas.

Creo que por eso me gustan las nostalgias. Esta desesperación se abre paso cada día. Aparece de repente, sin sentido. Disuelve toda pizca de luz, como si me dijera: *Tu lugar está aquí, entre quimeras.* Busqué por todas partes a mis tías. No estaban en ningún sitio. Abrí los postigos de madera, podridos pero todavía azules, y contemplé el jardín. Las macetas de flores estaban hechas añicos. El acuario roto estaba desperdigado por el suelo. Los peces habían muerto. El viento arrancó un trozo de piedra de la carne de la casa. De hecho, habían caído en varios sitios. Salí a la veranda y miré afuera. No se veía un alma, y la lluvia hacía pedazos las casas vecinas. Me parecía ver cómo los cables de los postes se rompían, y los tubos de agua reventaban. Entré en el salón. Ni rastro de vida. Me pregunté dónde estaba la tía de mi madre, la tía de mis tías.

Al cabo de un instante, alguien llamó a la puerta. Me arrimé asustada a la pared y a media voz pregunté quién era. Me dijeron que eran los chicos de la otra orilla de Toltre. Salí a la veranda rodeada de zanjas con superficies de esmalte. Unos veinte chavalillos de once y doce años llamaban a todas las puertas y pedían harina, aceite y albahaca para la ofrenda. ¿La ofrenda de quién? «Del cura», me dijeron. Los chavalillos de once y doce años tenían dos sacos llenos de harina, botellas de aceite, manojos de albahaca. Pasteles. Nueces. Leche fresca. Leche cuajada. Queso fresco.

—Dile a la tía Maria que estamos recogiendo la ofrenda —me dijo el más alto.

—Qué simpáticos sois —dijo la Otra alborotándole el pelo y mostrando una sonrisa lánguida. Había aparecido de repente. Sin memoria del día de ayer. Bien vestida, de fiesta.

—¿Qué estáis haciendo? —les pregunto.

—Una *paparuda*[7] al revés. No invocamos la lluvia, sino el sol —me dice un flacucho.

Tenían una motocicleta alemana con sidecar. Después de que Maria les llevara la última harina a la veranda, el flacucho levantó el saco y lo lanzó al sidecar. Él me guiñó un ojo, ella fingió no darse cuenta. Yo la miraba de reojo. Sentía por su parte una frialdad terrible. El más alto me sonrió con todos los dientes estropeados de su boca:

7. Es un muñeco o fantoche que baila para invocar la lluvia. (*N. de la T.*)

—Hoy será el velatorio. Ven también tú. Mañana la enterraremos a la salida de la ciudad, en un cruce. Luego será la comida.

Sacaron de una bolsa una muñeca de trapo:

—Vamos a enterrar esto.

Guarda el dinero.

ONCE

A
R
H
I
V
A
R
I
U
M

RETIRO LA PELÍCULA DE NATA de la taza de leche y le pregunto quiénes somos y de dónde venimos; descendemos, dice mi padre con acento ruso, de sangre bizantina, pero diseminada en el tiempo, lo enciende e inhala, lo enciende e inhala, entre mentiras sobre los antepasados, mensajeros de cultura helena, fanariotas en la frontera rumana, no se lo cree ni él, pero dice, tal y como decía también el abuelo, que el oro es como la artritis para la pierna, y en la época de los déspotas y de las flores del mal guardaba las monedas del zar en decenas de zapatos de señora, almacenados en la recámara, y cuando los vecinos eran conducidos a los vagones en los que ponía *emigrantes voluntarios,* el día en que se presentaron los militares bajo las ventanas, les dio las cajas de rublos y una carta y lo dejaron en paz y los dejaron en paz, como si ni siquiera hubieran tenido la intención de llevarlos a la estación de Bolgrad,

llevo un vestido negro, y de mi cuello cuelga un medallón en forma de bala y mi padre me dice que un tren de vapor transportaba kopeks de oro de Petersburgo a Chisináu, con la efigie del zar Nicolás II, y que un buen día se despeñó el tren, y los vagones se hicieron añicos, el personal y los gorilas murieron… entonces llegaron los gitanos y las gitanas con vestidos negros de volantes y pañuelos rojos en la cabeza, lo robaron todo, desaparecieron sin dejar rastro y volvieron a aparecer más adelante, en el reino de barro, con collares de monedas y tomates secos colgados del cuello como si llevaran medallones y pendientes con la efigie del zar, pero a los soviéticos los enfureció que el emperador retornara en los collares y se los confiscaron, a los gitanos los enviaron a prisión, solo nosotros nos quedamos con monedas enteras

y las escondieron en la copia del cuadro de Ivan Kramskoi, en una carta, mi padre me lo dona, medio borracho, la *Desconocida* del retrato nos mira como si estuviera viva, como si pidiera entrar al calorcito, como si fuera la aristócrata del lugar, como si…, como si… y mi padre me dice que a mi abuelo lo adoptó un cura y luego no sabe qué más y al parecer en el cuadro se escondía la verdad, pero la carta se la entregó a alguien, ya no sabe, no sabe, no sabe y se sirve y se sirve y se sirve y bebe, y solo yo me pierdo en los círculos y las trampas de mi corazón.

—AL CABO DE UNA SEMANA—

Hoy es el día en que llega la mujer con el niño en brazos.
El niño llora y está empapado en sudor. La mujer lo ha
envuelto en demasiada ropa. Ella lleva una gabardina. Es
de color vino. Tiene los ojos hinchados de llorar. Parece
cansada, se ve que ha caminado mucho tiempo.

Cambia al niño de un costado al otro. Él llora, llora sin
cesar. Buahhhh-buahhhh-buahhhh.

Shhh-shh-sh.

Hay gladiolos de plástico en jarrones de barro. Y azucenas, azucenas en jarros de cerámica.

La Otra no quiere invitarla a entrar en casa, pero le da
pena el niño. La mujer se sienta en la silla de mimbre. Es
su prima, está buscando a su madre. Se marchó hace una
semana y nadie sabe adónde ha ido. Buahhh-buahhh-
buahhh. Shhh-shh-sh. Maria le trae un vaso de agua. La
mujer lo apura de un trago.

La luz es pálida, a ratos cabecea. Se le juntan las pestañas. El viento muerde. Tiene colmillos venenosos.

La Otra le dice que cada uno tiene lo que se merece. La
mujer la mira con ternura y me parece verla temblar. Le
dice que la tía de mi madre tenía que venir aquí, *a buscar-
la,* y me señala a mí. Tiene el cabello desgreñado. La Otra
la entiende, pero no se lo dice. La mujer empieza a llorar.
Buahhh-buahhh-buahhh. Shhh-shh-sh.

Dice: *No vivimos bien, Ion me pega, pero menos mal que está mi madre, ella lo apacigua.* Le pega a menudo con el cinturón. Generalmente, la criatura está en su camita y mira.

—¿Es una niña?

—No, es un niño.

—¿Cuántos años tiene?

—Tres. Tres años y medio.

El niño gruñe como un perrito.

—¿Por qué te pega delante de él?

—Para que aprenda quién es el jefe de la manada.

Buahhh-buahhh-buahhh. Shhh-shh-sh. La mujer lo sienta en sus rodillas. Lo zarandea. El niño llora con toda su alma.

—Pásamelo.

La mujer se lo pasa.

—Se le parece.

—Llora día y noche.

—Tal vez tenga hambre.

Maria los mira con desprecio. Abre la pitillera de metal y enciende un cigarrillo. Rosa, retorcido como un caramelo. Lanza columnas de humo, remolinos de humo. La mujer empieza a toser.

—Decidme qué le habéis hecho.

—No ha venido aquí.

Maria le lanza el humo a la cara. La Otra saca dos manzanas que huelen a moluscos. Pela una de ellas. El niño la chupa con fruición. La sorbe. La mujer parece una percha con pinzas. Parece un abrigo arrugado.

—El niño me consume. Y ahora lo de mi madre, ¿qué le habéis hecho? —Y se echa a llorar.

Maria tamborilea los dedos en el borde de la mesa. Sonríe a medias, *es una zorra.*

—No aguanto a los niños. Hacen ruido.

—Tiene ojos como de pez.

Termina de comer la manzana. La Otra le dice que no tenemos nada más. Nos hemos comido incluso los conejos.

La mujer les dice que ha oído hablar mal de ellas, pero que no se habrían atrevido a hacerle algo así a su propia tía. Las hermanas de mi madre guardaban silencio. Para romperlo, le contó a la Otra cuándo vio a Ion por primera vez. Y cuánto le gustó. Se casó con él por amor. Luego empezó a pegarle. Cuando le pega, parece *otrombre.* Pero luego se le pasa enseguida. Le pide perdón.

Buahhh-buahhh-buahhh. Shhh-shh-sh. La mujer cambia a la criatura de una rodilla a otra. La lluvia cae de nuevo a cántaros. Luego va amainando. Luego, otra vez desatada. Luego, amaina de nuevo. Luego, otra vez desatada. Luego, amaina de nuevo. Buahhh-buahhh-buahhh. Shhh-shh-sh.

La mujer dice que antes de marchar, su madre durmió mal y tuvo sueños feos. Se abrigó bien y dijo que venía a buscarme. Tenía que venir a Toltre. La Otra le dice que no ha llegado. Su voz suena a cuerno de la montaña. A graznido de cuervo. Reina el silencio. Hay tanto silencio que me duelen los huesos. Menos mal que está el niño. Buahhh-buahhh-buahhh. Shhh-shh-sh. Ellas se miran en silencio. La Otra a la mujer, la mujer a Maria, Maria a la mujer. Maria a la mujer, la mujer a la Otra, la Otra a mí. Todo el mundo recela de todo el mundo. Todas las mujeres recelan de todas las mujeres. Viene Codruţa. Está blanca como la nieve. Su cabello está blanco, su rostro está blanco, sus ojos, azules. La mujer la mira largamente.

—No la mires así. Es albina.

—Dime qué le habéis hecho.

Codruța avanza despacio, como si caminara sobre cristal. Como si tuviera más de siete años. El niño calla. Le sonríe. Codruța le revuelve el pelo. La Otra también le pasa la mano por el cabello.

—También él pegará.

El niño ríe. Tiene unos dientes pequeños.

—Son de topo.

La mujer le dice que viene de la otra orilla de Toltre. Ha pasado la noche en un cobertizo. Ha dormido mal. No creía que fuera a llegar hasta aquí. Que fuera a encontrarlas. Pero todo el mundo sabe dónde viven ellas. Las señalan con el dedo. Maria escupe. Le dice que no puede quedarse con nosotras. La mujer mira a su alrededor. Deja al niño en la silla y se dirige rápidamente a la cocina. Luego a las demás habitaciones. Me parece estar viéndola, ya la conozco; Maria se enfada. A veces se enfada sin motivo. Empieza a perder los estribos. Hace gestos irreflexivos. Pero la mujer no se arredra. Vuelve a mirar a su alrededor. Parece una perra que se ha soltado de la cadena. Con una demencia febril, empieza a ladrar, a morder, a buscar bajo las sillas, bajo las camas, en los armarios. Maria enciende otro cigarrillo. Fuma y lanza columnas de humo. La mujer se agita en vano. Luego se abraza al pecho de la Otra. Se echa a llorar, implora. La Otra le dice que vieron a su tía. Que no la han visto desde hace una eternidad.

La mujer comienza a dar puñetazos, se tira al suelo. La Otra la agarra de la manga y la golpea contra la pared. La mujer mira a todas partes. Grita: *¡mamá!*

A continuación, sube las escaleras. Abre todas las puertas. Todas las habitaciones. Todas las jaulas. Grita: *¡mamá!* Cae rodando por las escaleras, se esconde debajo de las camas, tira la ropa, la revuelve con las manos, luego la invade la desgana. Pobrecilla, la mejor de todas. Vuelve a gritar, pero a media voz: *¡mamá!*

Está fuera de sí. Busca bajo las mantas, bajo los edredones, en los armarios. La Otra la arrastra de la manga, la empuja de los codos.

Maria le coloca al niño en los brazos y le dice que se largue.

Le dice lo siguiente: «Todavía estás a tiempo, pírate a la puta estación».

DOCE

No hemos comido porque se han terminado casi todas las provisiones, y los últimos kilogramos de harina y el aceite fueron la ofrenda para la *paparuda*. No he recibido ninguna llamada de teléfono estas últimas semanas. Ninguna noticia. Me miro al espejo y veo a mi madre. Mi madre, la que tiene que venir, mi madre la de la piel en pliegues, unos sobre otros, línea sobre línea. Mi madre, la que tocará todas las campanas, la que fluirá en todas las aguas, la que desbordará todos los cauces.

La Otra respiraba aliviada al ver que caían menos gotas de agua y no podía evitar hacer bromas cuando llovía a cántaros. Inventaba toda clase de escenas sobre cómo íbamos a morir y se iban a escribir leyendas. Reía a carcajadas y se sumía, poco a poco, en un estado de letargo. Había empezado a leer simultáneamente *Robinson Crusoe* y *Molly Flanders*. Otras veces cerraba los postigos, se metía en la cama y dormía horas y horas. Soñaba varios sueños a la vez. Cuando se despertaba, colocaba su ropa en una maleta y al cabo de un cuarto de hora la tiraba por toda la casa.

De repente se echaba a llorar. Tenía la frente mustia, la boca morada y la piel crispada. «¿Cómo es esa palabra? ¿Cómo es esa palabra?», le gritaba a Maria. «¿Torpor? ¿Apatía? ¿Debilidad extrema?», le respondía Maria. «Ah, torpor, ah, apatía, me gusta cómo suena», repetía con los ojos cerrados. Habían empezado a discutir sin parar y, poco a poco, habían dejado de hablarse. Maria, por su parte, dedicaba horas enteras a los caballos. Comían mecánicamente, fregaban los platos mecánicamente, se vestían mecánicamente. De vez en cuando se lanzaban unas miradas cargadas de reproche. Reproches velados, de desprecio. No volvieron a mencionar a su tía.

Al mismo tiempo, en aquella época, tuve dos sueños extraños. En uno creo que conseguía escapar de Toltre en autobús, pero no recuerdo nada más. En el otro, yo era el caballo negro. Subía una colina muy alta a solas. Arriba brillaba un sol cuadrado. Debido al calor, empecé a galopar hasta llegar a una ciudad abandonada. Recorría las callejuelas una tras otra hasta que llegué a una casa grande, bonita, con cuatro pisos caóticos, pintada en cuatro colores. El frío se volvía cada vez más áspero. El cuarto piso era, en realidad, una buhardilla. Aunque estaba deteriorada, la casa tenía un aspecto espléndido, en verde, blanco, rojo y azul. Era como si todo lo de alrededor hubiera desaparecido y tan solo quedara ella. «¡Es una casa de Praga!», gritó alguien. «¡Es una casa de Praga!», gritaron más voces. Entonces me di cuenta de que yo era un caballo pequeño, un potro, y en aquella casa distinguí a mi madre. Me agitaba e intentaba gritar, pero mi relincho brotaba ahogado, sin timbre, sin fuerza. Mi madre estaba apoyada en una ventana. Estaba muy delgada, pero seguía siendo guapa. Llevaba un camisón, como si se hubiera escapado de algún sitio. Había rejuvenecido veinte años. «He venido a decírtelo. ¡No nos hemos trasladado a una ciudad junto al mar!», y sus ojos anegados en lágrimas se hundían en la cabeza, se hundían en la oscuridad. Y yo le gritaba: «¡No importa! ¡Yo he encontrado el mar!». «¿Dónde? ¿Dónde? ¿Dónde?», repetía varias veces. «¡En Julio Verne! ¡Y bajo el cielo francés!» Y me transformaba en un hombre, en una mujer, en un niño, en un pájaro, en un arco iris, en un avión, en un puente, en una abeja. Me desperté temblando, bañada en sudor.

Junto a la cama vi un libro sobre caballos. En lugar de marcapáginas, había una foto de Tsarevich y Maria. Maria estaba sentada en la silla del garañón negro, y Tsarevich estaba de pie, sujetando las riendas del animal. En el reverso de la fotografía decía: *En el mundo no hay nada más perfecto que esto.* Le conté el sueño a Maria con la esperanza de trabar conversación con ella. Guardó silencio durante muchos días, de tal manera que empecé a dudar de que pudiera volver a hablar. Me dijo que en los sueños un caballo significa una noticia. «Espera novedades.»

Las hojas venenosas del rellano reventaron.

Busqué los sobres amarillos en varios sitios, pero no los encontré. La Otra andaba con una red de mariposas y atrapaba gotas de agua. Codruța le señalaba con el dedo dónde caían más y ella se precipitaba atolondrada para salvarlas. Cuando veía que no retenía ninguna, empezaba a patalear, a golpear el suelo con la red. Luego se dejaba caer en la silla de mimbre y se columpiaba horas y horas.

«Es rojo», gritó la Otra. «¿Qué es rojo?», se sobresaltó Maria. «El cielo, el cielo es rojo», le respondía en tono suave y se echaba a reír.

Pasaban unos días. Se cortaba el pelo, se maquillaba, se pintaba los labios, se reía a carcajadas. Empujaba con los pies las puertas, los colchones, la silla. Se quedaba pegada a las ventanas. Corría de una a otra. Se sabía el mapa del cielo de memoria. Nos informaba sobre cada detalle, se han acumulado las nubes, se han iluminado, apenas caen gotas, se ha disipado la niebla. Luego, empezó a hablarnos en metáforas: «Gracias a la lluvia el cielo besa la tierra», «Esta lluvia no es sino una declaración de amor», «Cuando llueve, es que Dios ríe», «El cielo les pertenece a las mujeres». Había comenzado a perder el sentido de los días y llegamos a pensar que así sería para siempre, que siempre había sido así. Cada día me resultaba infinitamente largo o indeciblemente breve. En la habitación de abajo, los hilos de agua se habían desparramado por el parqué y subían lentamente las escaleras. La Otra seguía ese espectáculo de la lluvia y chocaba contra las puertas con todo el cuerpo. Llevaba el mismo vestido de limones verdes durante toda la semana. Al cabo unos días, la ventana de la habitación se rompió y el estanque se cubrió de hojas secas, bolsas de plástico y toda clase de rarezas arrastradas por el viento. El paisaje, en otro tiempo encantador, se había transformado en un pequeño monstruo. Algunos añicos largos y afilados se habían clavado en las macetas de flores. Desde que no escuchaba la radio, había perdido la noción del tiempo.

Encontré agua en una jarra de cerámica y decidí lavarme el pelo. Cogí una palangana y vertí el agua. Allí había una prenda de la tía de mi madre. Entonces entró Maria.

Se enfureció porque había decidido gastar el agua sin su permiso. Vació la palangana de agua delante de mí. Tenía el cabello lleno de espuma y no sabía qué hacer. Sentí una rabia y una indignación infinitas, me daban ganas de llorar y de pegarle. Pero me contuve y salí a la calle a aclararme el cabello con el agua de lluvia. Estaba asustada. Lo aclaré enseguida. Maria me reprendía: «¡Creíamos que eras una chica obediente y mira lo que haces!». A continuación añadió que iba a enviarme a un internado para corregir mi comportamiento.

Hacia la tarde, perdimos incluso la última esperanza, la luz. Maria comenzó a arrojar todas las cosas por la casa. Codruţa se echó a llorar. Jadeaba de manera extraña. Luego se encerró en su habitación y no salió en varios días. La oscuridad iba penetrando lentamente a través de todos los resquicios. La Otra volvió a colocar sus cosas en la maleta, tomó sus prendas de abrigo y su gabardina y salió de casa. Nos dijo que no podía esperar más. Al cabo de unos minutos, seguí sus pasos. Las casitas se descomponían en siluetas fantasmales que se mezclaban con las sombras de los senderos. Serpenteábamos entre casas, pisando con firmeza las piedras pulidas y lavadas por la lluvia, afloradas violentamente, en contra de su voluntad. Avanzábamos entre charcos cenagosos y entre las últimas hebras de correhuela. Había una huella de brutalidad en aquel paisaje aparentemente banal. Los cobertizos y las cabañas de la vecindad estaban cerrados, y las barreras de metal, todas corridas.

La seguí casi hasta el farallón. Ella caminaba deprisa como una lagartija.

La vi adentrarse en el bosquecillo de pinos. En la entrada ponía en letras grandes: *Merecéis una vida mejor.*

Renuncié a alejarme más. La lluvia caía mansamente y mis botas se habían vuelto muy pesadas. El barro había cubierto todo el pueblo, todos los senderos. Era viscoso y blando. Avanzaba como un gigante a través del sueño. Renuncié y regresé a casa.

Aquella tarde no hice nada. Me tumbé en la cama y leí. Encontré el mar, el aire salobre, sus promesas. Pensé en mi madre. En su rostro blanco, en sus manos frías, en su pecho cálido, en sus ojos castaños, en su cuerpo efímero, en toda nuestra vida, en la ciudad prometida, en el albor de la mañana, en el sol del ocaso. Pasaba las horas muertas mirando cómo la lluvia se perdía en la tierra y cómo, sin embargo, caía en oleadas. En la casa vecina nadie se asomaba a la ventana desde hacía varios días.

Maria preparó algo de comida. Hablamos poco, pero por primera vez tuve un sentimiento de complicidad. Después de cenar, llenó media bañera con el agua templada que quedaba. Se sentó en una silla y sacó dos bufandas rojas de mohair. Las extendió cuidadosamente y las colocó en el borde de la silla. De una caja de madera, extrajo dos agujas y unas tijeras. Las deshilachó. Llevaba a cabo todo esto en silencio, con una lentitud ensayada. Luego me entregó un hilo de la bufanda y ella tomó otro hilo de la bufanda. Tiramos despacio hasta deshacer un cuarto, luego enrollamos la lana en torno a una bombonera redonda. Siguiendo el mismo procedimiento, envolvimos por completo las dos bomboneras. El rostro de Maria era cálido por primera vez en la vida. Cuando terminamos de deshacer las bufandas y ambas teníamos dos bobinas grandes y blandas de mohair rojo, ella retiró las bomboneras y ensanchó los agujeros con las manos. Luego se puso una en la cabeza y me entregó a mí la otra. Me pareció que tenía un rostro astuto y triste, como un zorro que se hubiera cansado de disimular. Me despojé de la ropa y me metí la primera en la bañera. El cabello de Maria caía por debajo del mohair hasta los hombros y me pareció muy guapa. Olía a soledad y a flores de albahaca. Tenía los dedos secos, largos como hojas de tabaco, muy finos. Me golpeó levemente en los hombros. Yo me tumbé en el agua como en un campo abierto de trigo.

Así pues, así se muestra el rostro de una pared derribada.

Cerré los ojos. Entre las pestañas, la estudiaba a hurtadillas, con gentileza. Tenía un cuello inocente y el pecho amarillento. Sin decir nada, me acarició la espalda y el cuello. No pronuncié palabra alguna en la intimidad de este ritual fúnebre por una parte y festivo por otra.

Me contempla. O tal vez me engañe.

Pegué mi rostro a su espalda y permanecimos así mucho tiempo.

Trece

Fuera llovía a cántaros cuando reventó la tubería y la casa se llenó de aguas negras y de porquería. A una velocidad asombrosa, la tarima iba siendo engullida por residuos que parecían leche condensada, con un fuerte olor a orina y a caca. Busqué el desagüe antes de vaciar la fosa y el conducto; luego, con una bomba a presión, intenté en vano limpiar las tuberías. A toda prisa, tomé un cubo y una taza y me puse a recoger la porquería antes de que me alcanzara y, sin querer, empecé a vomitar. Mi piel hormigueaba y el vello de las manos se me había erizado de forma increíble, por la espina dorsal se me escurría un pesado témpano de sudor y agua salada.

Al final, vacié veintinueve cubos de mierda y orina.

Maria arrojó varias veces la radio contra el suelo. Para nuestra sorpresa, a ratos soltaba un pitido horrible. Te costaba distinguir dos o tres palabras. Al cabo de un rato, la emisora de la radio nacional nos ofreció música. Era música clara, con notas tristes. Luego la radio renunció a procurarnos la última pizca de conexión con el mundo exterior. En un arrebato de furia, Maria la lanzó contra la pared y la convirtió en decenas de trozos de distintas dimensiones y formas.

Cuando se calmó, le pregunté por qué se había quedado a vivir en Toltre. «Quería ayudar a mi madre a vender una tonelada de trigo.» Hablaba secamente, como si contara las palabras. Debido al moho, empecé a estornudar cada vez más e incluso me lloraban los ojos. Maria me dijo que tenía la fiebre del heno, una especie de rinitis alérgica, pero que no me preocupara. Era algo leve.

Hacia la tarde, la luz dio paso a la lluvia. Para no perdernos en la oscuridad, encendí dos candilejas que parecían más bien antorchas. Por primera vez desde que me encontraba en esta casa, me escondí debajo del edredón y lloré. La oscuridad era demasiado densa y pesada, caía sobre mí como un cobertor húmedo, sin escurrir. Maria no me dijo nada más sobre mi madre. Si me concentraba mucho, me parecía oír unos pasos. Nuestro piso estaba en la tercera planta, apartamento 23, el número de teléfono era 71539. Me veía arrimando un taburete a la puerta y pegando la oreja al marco. Luego, entre todos los pasos que entraban en el bloque, reconocía los de mi madre. La esperaba con la puerta entreabierta. Ella me traía pasteles en forma de cisne.

En medio de la noche, Maria me preguntó si no me apetecía ir al ritual de la invocación al sol, es decir, a la clausura de la lluvia. Llevaba varios días sin dormir. Me vestí deprisa con mi ropa de más abrigo. Me puse las botas de goma y me eché por los hombros la gabardina. Despertamos a Codruța. Nos dijo que fuéramos solas.

Intentamos convencerla para que nos acompañara, pero Codruţa insistió en quedarse en casa. Tenía las manos muy calientes. Al final, la dejamos en la cama mullida con su olor a piel seca. Fuera llovía mucho más despacio, un sirimiri. Echamos a andar por el lomo de la colina, hasta hacía poco cubierta de vides y cereal. Estaba llena de barro y moho. Las botas se hundían fácilmente en la masa de chernozem. A veces resbalábamos, pero nos agarrábamos la una a la otra de los codos. Nos dirigimos hacia el farallón. El cielo era opaco. En un determinado momento, tuve la sensación de que nos seguía alguien. Le apreté el brazo a Maria.

Comenzamos a descender a paso rápido, entre arbustos de zarzas. De repente, empecé a plantearle a Maria teorías y sospechas, hipótesis azarosas y suposiciones fantásticas, dando rienda suelta a mi imaginación pueril y rogándole que regresáramos. Oí un susurro y me asusté todavía más.

—Apresurémonos, que está muy oscuro.

—De verdad que no tengo miedo, no te preocupes.

Cruzamos al otro lado del camino, detrás de la calle de la viuda. Miré atrás y no había nadie. Luego, de repente, se presentó ante nosotras un hombre. Maria no se movió. No se atrevía a acercarse, pero parecía delirar. Después se tumbó en el suelo sobre una alfombra y empezó a agitarse gritando: *Soy el perro de dios, puedo ser oído, pero no ser visto.*

A lo lejos, distinguimos unas lucecitas. Echamos a correr. Nos costaba avanzar, pero conseguimos acercarnos a la luz. Los espantajos estaban vestidos de forma extravagante, con impermeables de colores, y enarbolaban en las manos antorchas y manojos de albahaca. Uno sostenía un icono junto con el pan y el vino consagrados. Una joven de la muchedumbre llevaba la muñeca de trapo en un recipiente adornado con serpientes, como si fuera un cesto de flores. Otra muchacha llevaba en una mano la amapola y en la otra tenía unas llaves. *Llamemos al sol,* gritaron al unísono.

Todos estaban entusiasmados. Las ovaciones brotaban humeantes como la leche caliente de la teta directamente al cántaro. El calor me abrumaba. Todas las chicas estaban descalzas y en sus cabezas brillaban unos lazos rojos y unas cadenas de reales de plata. *¿No quieres una guirnalda de sauquillo?,* me dijo sonriente un hombretón con una barba de un dedo, mostrándome unos dientes con el esmalte roto. Maria me pareció llena de vida y las chicas soltaban carcajadas como si se estuvieran riendo de mí. La joven de la muñeca sujetó la cabeza del hombretón entre las manos y le susurró algo al oído. Sus labios se pegaban al lóbulo de la oreja por todas partes, mientras que con la punta de los dedos le apretaba la camisa mal abotonada. Tenía una lengua musculosa, móvil, con la punta dividida, como la cola de una lagartija. El sol apareció en el centro con unas bubas en el cuerpo que recordaban las picaduras de los mosquitos y se rascaba con furor. *Me quedan cinco mil millones de años de vida,* me decía girando sobre sus tobillos, *solo cinco mil millones de años.*

No recuerdo cómo regresamos a casa. Me desperté al día siguiente, antes del almuerzo.

Me parecía que el acontecimiento tenía la magnitud de un sueño, aunque estaba más que segura de que todo había sucedido en realidad. Sé que por la noche había soñado que llevaba sobre los hombros el esqueleto de una ciudad imaginada en la que vivíamos solo mi madre y yo. En un determinado momento, no quedaron allí más que los ojos. Era invierno, pero no uno cualquiera, sino un invierno indio.

En el salón, Maria estaba sentada en la silla de mimbre. «Ya verás, se detendrá.» Se reclinaba en el respaldo. «Ya verás, se detendrá.» Cruzaba las piernas. «Ya verás, se detendrá.» Repetía la frase varias veces. Asentía cada vez. Se ponía vestidos de gala, luego los cambiaba por vestidos de tirantes, luego se ponía sombreros. Los trozos podridos de la veranda se desprendían, caían sin cesar. La fuerza del agua los recogía y los arrastraba sobre su espinazo hasta casi el farallón. Maria, de todas formas, ventilaba la casa cada día. Abría las ventanas y dejaba que entrara el viento, tal vez seque la humedad. Olía a jabón, a limpio.

Sin dirigirse a mí, Maria repetía como para sí: «Tal vez sea mejor que haya muerto».

Pensé en mi madre. Sentí que se me ablandaban los huesos. El ovillo se me escurrió a la parte trasera de la clavícula y empezó a quemarme. Luego, sin dirigirse a nadie, dijo que a los veintitantos años la habían internado en el hospital. Sospecha de tuberculosis. Permaneció allí varias semanas, en un hospital alargado, alargado como no te puedes imaginar. Se alargaba desde la ciudad hasta el bosque. Durante todos aquellos días esperaba que viniera Tsarevich. A visitarla. Pero Tsarevich no venía. Entonces le escribió una carta. «¿Por qué no vienes? Te he esperado cada día. Te suplico que vengas, te lo suplico.» Y él fue. Alto, con su traje de jinete, con un gorro de piel en la cabeza. Corpulento. Frío como el hierro. Ella se arrojó a su pecho como una niña, lo abrazó, tomó su cabeza entre las manos. Parecían una madre y su hijo. Luego él partió. Como hacía tantas veces. «Solo quería a los caballos.» La escuché en silencio. Mi madre decía siempre que

Tsarevich era el más diligente de los hombres y el único integrado en nuestra familia. El día de mi llegada a Toltre, Maria hablaba bien de él. Un hombre que había cambiado sus vidas, que les había traído orden, disciplina. Y los caballos no representaban otra cosa que un homenaje. Un recuerdo.

Se incorporó un poco y miró por la ventana. Había envejecido. Retiró las cortinas. La escarcha había cubierto el alféizar. Una capa transparente, fina, de hielo enmarcaba los bordes. Pasó los dedos por el cristal. «Tal vez sea mejor que haya muerto.» El cielo estaba gris, a punto de derrumbarse sobre la tierra.

Catorce

Las siluetas se detienen ante la puerta.

La puerta se abre pesadamente.

La Otra regresó acompañada de una joven en frac con un sombrero negro cilíndrico, de rostro atezado, levemente empolvado y con un aire extraño. Nadie pronunció una palabra. Tampoco Maria hizo gesto alguno, ningún movimiento. Seguramente era natural que las cosas sucedieran así. La Otra se dejó caer en el sillón cómodo y se lio un cigarrillo. «Es periodista, de la radio. Va a escribir sobre Toltre. Sobre el invierno en Toltre.» Se mostraba satisfecha, una mujer que se da la razón a sí misma. Las cortinas de tul, amarillas, nos mentían respecto al calor. Tenían una urdimbre dura.

—He abierto el vino para que me alivie siquiera un poco el vértigo del día de hoy.

—¿No te apetece una sopa ligera? Con la receta de mamá.

—Con la receta de mamá…, eso es col con hierbas.

—Te han crecido las uñas.

Después de tomar el vino, la Otra me pidió que acompañara a la *señora* al piso de arriba.

Subimos por una escalera de madera que crujía bajo nuestros pies. Una colonia de insectos pasó por la pared que mostraba marcas de sangre seca. Entré por primera vez en la habitación de arriba. Era una estancia con muchos cojines. En una pared vi unas pinturas extrañas y varias fotografías. Una representaba a dos mujeres, estaban sentadas en las escaleras de un edificio, agarradas del brazo, la mujer de la derecha lleva un abrigo de nutria y un sombrero de fieltro, a la otra se le escapan unas hebras de cabello negro por debajo de la capucha. Se parecía a Maria de joven, y la de la capucha era mi madre de joven. A su lado, vi la copia del cuadro favorito de mi madre, colgado durante mucho tiempo sobre mi cama: la *Dama desconocida* de Ivan Kramskoi, con el que había soñado infinidad de veces. La mecha es corta, *pero veo*.

Sentí cómo una oleada de calor golpeaba mi rostro.

Entonces pensé que mis tías habían recogido casi todo lo que habían encontrado en casa de mi madre. En una caja abandonada en la penumbra distinguí también las tres teteras de porcelana en las que mi madre guardaba chocolate, cartas y joyas de oro.

La mujer guardaba silencio y examinaba la estancia con la mirada. Había espejos por todas partes y nuestros rostros se multiplicaban, se ensanchaban, se alargaban, incluso el baño excavado en la pared tenía volúmenes distintos. Una suntuosidad duplicada, triplicada, en la que parecíamos insignificantes y numerosas. Yo tenía las mejillas heladas y me vi la barbilla más larga que de costumbre.

Me alegraba su presencia porque los últimos días tenía la sensación de que nos habíamos aislado. A pesar de ello, tenía un extraño presentimiento y quería decirle que era mejor que se marchara. La miré de reojo. Tenía un rostro sobrio, pero obediente. Parecía una niña sin padre. Una cucaracha cruzó el alféizar. En mi fuero interno, la relacioné con la cucaracha, *qué tonta soy*. Sin embargo, era la primera vez que veía cucarachas en casa. En unos minutos desapareció en las entrañas de las grietas de las paredes. Entonces me fijé en sus zapatos. Llevaba unas botas de *cowboy*, con unos pespuntes uniformes y unos entredoses pegados a lo largo de la caña de la pierna. La punta estaba reforzada con metal y sujeta con clavos de madera y, en lugar de cremallera, unas correas amarillas y cadenas. Más adelante descubrí que las calzaba durante todo el año.

La mujer se despojó del frac, los guantes y el sombrero negro. La ropa por debajo del frac era diferente. Parecía muy moderna. Llevaba una camisa de cuello cerrado y un chaleco azul. La envidiaba profundamente porque venía de otra ciudad, porque podía marcharse en cualquier momento al mundo «de fuera». Se sentó en un cojín grande y sacó del bolso un libro en el que ponía algo en alemán. El libro era verde y el título de la portada estaba inscrito en letras de molde. Sobre el libro colocó una hoja con un dibujo extraño. Así era el dibujo:

Junto a la ventana, la lluvia se oía mucho mejor. Los sembrados de trigo enmohecido parecían infinitos. Tronaba sin cesar.

Ella se sentó medio vuelta de espaldas hacia mí. Durante todo este tiempo no hablamos, yo no podía dejar de pensar en cómo decirle que se fuera. Me preguntaba si me tomaría en serio. En su rostro no distinguía ninguna emoción, pero, de todas formas, tenía un aire benévolo. Parecía una mujer *con clase*. Parecía afortunada y eso, con toda seguridad, indignaba a mis tías. Por primera vez, me alegraba de que esa mujer no fuera mi madre. Qué bien que mi madre no hubiera venido. Ese pensamiento me emocionó tanto que me entraron ganas de llorar. Volví la cabeza hacia la ventana. Sacó dos plumas y un cuaderno. Me sonrió discretamente y yo también le sonreí. Para romper el silencio me dijo que era extraordinario que lloviera tantas semanas seguidas y que lamentaba que yo hubiera tenido que pasar por esa experiencia. Expresó su pesar por que me hubiera visto privada de la libertad de disfrutar de un otoño soleado en un lugar tan pintoresco como Toltre. Yo le respondí que en nuestra casa todo había transcurrido con normalidad y que el otoño tiene su encanto. Nadie estaba preocupado por la lluvia. Lo cierto es que mentía un poco, pero no me apetecía demasiado hablar sobre la lluvia. Antes de que llegaran mis tías, le pregunté a qué se dedicaba. Me miró condescendiente. Me dijo que la Otra la había llamado periodista, pero sin preguntarle. En realidad, era viajante. Se desplazaba de aquí para allá en busca de compradores. Para mí era algo portentoso encontrarme a un viajante de carne y hueso y, además, mujer. Solo los había visto en las novelas. Me dijo que había trabajado una temporada en los tribunales, pero allí desempeñaba un trabajo tedioso. Los últimos años, traficaba y vendía pieles de lujo, pieles de guepardo, de tigre y de armiño. La miré extrañada. Sonrió y me tranquilizó: era broma. Vende, de hecho, relojes y tapices. Se encontró a la Otra en el borde de los arrecifes. Se comportaba como una demente. No recordaba su nombre. Cuando la vio, le dijo que la estaba buscando. Qué extraño, ¿verdad? Por la grieta de la ventana entró un viento húmedo, pegajoso. Dejó la maleta junto a la puerta. No era grande, pero parecía pesada. Guardamos silencio bastante tiempo.

Encendí otra vela. La luz era más bien tenue debido a los pabilos pequeños. Habíamos empezado a ahorrar. A través de la ventana vi a Maria y a la Otra entrar en el establo. Le dije que teníamos dos caballos en el edificio contiguo. No me pidió más detalles. Parecía indiferente. Pensé que había llegado el momento de decírselo, pero, de todas formas, tampoco esta vez me atreví.

Me abstuve de hablarle de mi madre. Sin embargo, la idea de que pudiera llevarme consigo me animó. Luego me di cuenta de que era imposible. Maria no permitirá jamás que me vaya por voluntad propia. Como tampoco se lo permitió a su tía. Además, sus intereses estaban por encima de cualquier permiso. Yo percibía una cierta tensión. Como cuando quieres decir algo, pero no sabes qué. Para aligerar el ambiente, me preguntó qué estaba leyendo y le dije que *Las leyendas del Olimpo.* Tenía unos ojos dulces y serenos. Siguió de nuevo un momento de silencio bastante largo. El día llegaba a su fin. Me preguntó qué dios me gustaba más. Le dije que Perséfone. El aire se tornó cálido. Era como si las lluvias tuvieran la intención de cesar. Le hablé de su matrimonio con Hades. Ella me dijo que de niña deseaba levitar. Luego sacó una granada del bolsillo, la abrió y me ofreció unos granos. Nunca había probado la granada y el sabor agridulce me sorprendió. Por su parte, me habló de algunos acontecimientos de hace seiscientos años, relacionados con Dragoş el Fundador y relacionados con la historia de Negru Voda, que «oscila entre el mito y la realidad». Pensaba en lo injusta que es la historia y en cómo el trajín de los acontecimientos puede lanzar a una persona real (si es que existió de verdad) a la categoría de mito. Esto es, ¿de qué manera son esos mitos más convincentes que los sueños y las visiones? Un buen día, cualquier existencia puede ser cuestionada. Cualquier existencia humana, si contamos tan solo con unos fragmentos de líneas sobre él o ella. Un fundador auténtico que no haya sido mencionado en un pergamino puede perfectamente acabar a la sombra de su tercer hijo, cuyo nombre se haya conservado de milagro en algún archivo. «Nadie observará nuestra realidad de hoy dentro de cien o doscientos años. La gente corriente será solo estadística, una masa de muertos en los registros del archivo. Otras veces es el archivo el que los salva. Pero el archivo no podrá contar demasiadas cosas. Por lo demás, no queda nada.» Me dijo que lo que vivimos ahora no será sino un sueño dentro de unos años, eso en el mejor de los casos, porque la historia es un sueño que nos deja heridas, pero que no nos enseña nada aún.

A mí me gustan los mitos. Nunca sabes si fueron verdaderos. Eliges la parte que te gusta o la que te conviene.

Sentí un viento cortante, de finales de diciembre.

Pensé en hablarle sobre mi madre. La miré con curiosidad varias veces. Sus gestos eran reposados, transmitían calma. Volví a guardar silencio un buen rato. No tenía valor.

La Otra trajo un cobertor y una manta delgada. Iba bien vestida, con algo de mohair rosa. Esta vez me pareció que estaba más delgada que de costumbre, de nuevo con el maxilar prominente. Maria trajo otra botella de vino y un sacacorchos. Me envió a buscar tres copas. En la mesa extendió una tela amarilla. Entonces, por primera vez, me pregunté si mi madre sabía que sus hermanas me habían alejado de la Señora o, al menos, si ella lo había consentido. Tomaron vino y la Otra imitaba a Maria, de tal manera que a veces me parecía que era ella. Hacía gestos como los suyos y se sentaba en la cama como ella, con su pesado cuerpo. Luego hablaron sobre las lluvias. La Otra le dijo que no quería volver a obsesionarse. Unos días antes había sufrido un desagradable ataque de ansiedad y otro más leve unas semanas antes, y no quiere más. Después de varias copas de vino, le habló sobre su pasión nunca desarrollada por la historia, sobre los asentamientos arqueológicos, sobre los ramalazos de la enfermedad, sobre la vida en Toltre. Maria le habló sobre Tsarevich y los caballos, evidentemente le habló bien de él. Sus voces eran suaves, sedosas.

Siguieron tomando vino. La botella se vació enseguida y probablemente era la última. Las gotas de agua se parecían a las gotas de aceite. La Otra encendió varias velas. La oscuridad iba adueñándose lentamente de la casa. Maria me hizo un gesto con la mano para que me fuera. Me incorporé despacio y abandoné la estancia. Pero no bajé. Me quedé detrás de la puerta. Una costumbre estúpida que me gustaba cada vez más. Me sentía rara. Me hacía la aburrida. Sentía miedo.

Maria parecía un zorro pérfido. De piel suave. La miraba con delicadeza y le contaba mentiras y verdades. La mujer las escuchó toda la tarde. No habló demasiado sobre sí misma. Ni siquiera les dijo que era viajante. Parecía muy cansada. En un determinado momento, como hablando sola, «No se lo he dicho a nadie hasta ahora, pero mi madre tuvo un amante». Sorprendió a los «amantes» haciéndose unas carantoñas «que no puedo describir». La mujer intentaba recordar los detalles, pero hablaba despacio, arrancando las palabras, le costaba sacárselas del pecho. Maria encendió un cigarro. Recordó cómo venía el «amante» a su casa y olía a perfume de cedro y a madera. Los sorprendía a veces mirándose a hurtadillas. Era la primera vez que veía a su madre de esa manera. Su único intento de vivir de otra forma. Su padre se enteró mucho más adelante, pero no le pegó. Y no se divorciaron. De todas formas, no consiguió vivir tal y como había deseado. Un buen día, murió de pena. Aquel hombre no volvió a aparecer jamás por su casa. La Otra le preguntó si había juzgado a su madre por ello, sobre todo porque era una niña. La mujer respondió con firmeza: «Jamás. La comprendí. Solo temía que tuviéramos que huir de nuevo».

Callaron las tres. Se oía tan solo el tintineo de la lluvia. Yo percibí que a mis tías no les había gustado la respuesta. La lluvia seguía cayendo con la precisión de un relojero. Ella dirigió la mirada hacia la ventana. Las cortinas de tul eran transparentes. Los horizontes tenían rayas multicolores.

La Otra vio la hoja del dibujo y le preguntó qué significaba la tabla. Se lo dijo.

Su conversación continuó hasta pasada la medianoche. Yo me refugié en mi habitación.

Me quedé dormida al instante.

Quince

—ARHIVARIUM—

Soñaba y sabía que soñaba. Era como si estuviera sobre un muro y todo estaba desierto, luego apareció una mujer georgiana que me dijo que hay otro nivel de sueño y se llama ARHIVARIUM. Aunque tenía miedo, me fui con ella. Entramos en el agua y aquello parecía un mundo subterráneo. Un lugar que satisfacía cualquier capricho de cualquiera, una especie de prueba inútil. En un salón transparente, muchos chicos iban de la mano de mujeres británicas o danesas. Aquellas mujeres estaban duplicadas. Vi a la reina de Inglaterra con un joven rubio y con un anciano, había también animales duplicados, coches, y en la salida la mujer georgiana me dio varios productos, medicamentos y cosméticos, para que cuando regrese del sueño vea que conservo todos los regalos, una especie de testimonio de que existen vínculos entre todos los niveles. Cuando salí del agua, di con un sendero empedrado, no con piedras, sino con huesos. Cuando me agaché para coger un hueso, vi que conservaban carne fresca de animales gigantescos y, abajo, una escalera que llevaba hacia otra ciudad, y en la ciudad, hacia un bloque, y en el bloque, hacia una habitación,

,

,

,

,

,

,

,

En la puerta, dos mujeres gordas. Les doy el dinero y les muestro todo lo que tengo: un guante áspero, jabón negro de aceite de oliva, champú, medicamentos, cosméticos, una alfombrita de hule. Yo soy más mayor y Maria es de mi edad. Cuando nos desnudamos, las mujeres gordas nos invitan a una habitación con unas diez mujeres y otras tantas canillas. El vapor es denso, pero distingo las lorzas alrededor de las barrigas y las tetas que se balancean. Nos sentimos un tanto abochornadas, observo que solo Maria y yo llevamos las bragas puestas. Nos sentamos en la alfombrita delante de una canilla y nos entregan una palangana que llenamos de agua caliente y nos la echamos por encima. Luego, una mujer corpulenta nos dice que nos quitemos las bragas. Me tumba boca abajo y me unta con jabón negro líquido y, lentamente, masajeando en círculos, me frota la piel. A Maria se la lleva una más joven, de nalgas más duras y más firmes. Le vierte cubos de agua caliente por la cabeza. Después de frotarme por todas partes, me embadurna con una pasta de arcilla y algas y me deja así. *Esto es el cielo,* dice la de las nalgas duras, abriendo un poco las piernas. Y la otra le dice: *El paraíso está muerto y le falta la ternura.* El vapor denso cubre su sexo y ella vierte una taza de agua fresca sobre el ovillo de pelo. Las otras mujeres nos miran por el rabillo del ojo mientras hacen cola para verterse el agua. Me sentía intimidada y agobiada, mientras sus ojos inquisidores se colaban bajo mi piel y me dejaban unas bolas en la tripa, en las axilas, entre las piernas, como unas flores de cardo rojo púrpura, globulosas y suaves. Y las mujeres se transformaban en ejércitos de personas y en ejércitos de serpientes. Luego yo era todas las mujeres. Eché a correr, casi a volar. Tenía las rodillas devoradas por la carcoma.

,

,

,

,

,

,

,

Encontré una ciudad y, en el centro, un perro tullido e indiferente salía de entre los bloques que olían a cemento y a soledad. Mordía muerto de hambre una corteza de pan, *¡Largo!,* le gritó una mujer con arrugas bajo los párpados, *¡Largo!,* podías contarle las costillas, bellamente arqueadas como un acuario cubierto de liquen, tenía las patas flacas y los ojos secos, me convenció de que era el perro más infeliz del mundo, era Nochevieja, y se tumbó en medio de la carretera, sin gimotear, mientras gente gorda salía con carne en bolsas, carne en las mandíbulas, carne bajo el brazo, un perro callejero decidió suicidarse antes de descubrir que existe dios, junto al bloque de dieciséis pisos sobre el que ponía, piso por piso:

there

where

the

sun

will

never

set

up

y yo salté de un muro a una escalera,
Hasta aquí.

El fieltro que tenía delante se espesó y escuché muchas voces, la habitación se volvió roja, de un rojo encendido, y entonces vi a un hombre con cabeza de conejo, era pequeñito, menudo como un podenco, con gorrita de jockey y labios rojos, que me preguntó: *¿Cómo te llamas?* Le dije *Me llamo Ileana*, me dijo *Ven,* y lo seguí, entramos en una casa inmensa, con baldosas de piedra y mantas de mohair y sillones de mohair y mesas de mohair rojo, *Aquí acabó todo,* me dijo, era guapo como un desierto, el bochorno invadió mis huesos y empezó a dolerme el lóbulo de la oreja, el sol fumaba un cigarrillo tras otro en la ventana rota y la ceniza caía sobre mis arrugas, entonces me pregunté como en un programa de radio: *¿Sabías que el padre que abraza a su hijo arrepentido quería abrazarnos a todos contra su pecho, humanizándonos y perdonándonos por este mundo inhumano?*

Frunció luego los labios y me preguntó con quién quería encontrarme, *Con mi madre,* le dije, me miró con reproche, pero acabó por aceptar, el pasillo estaba frío, un armario y un espejo, y en la parte contraria, el cuadro de Ivan Kramskoi, y me pareció ver el día en que iba a entrar en casa con la Señora, la gente me miraba con curiosidad, esperaban verme, me acerqué a sus pies, fríos como el hielo y amarillos como si fueran de cera, *Está muerta,* me dijeron, *tócala,* con la punta de mis dedos como de hombre, que heredé de mi padre, toqué con miedo y desconfianza sus pies, atados entre sí con una cinta azul de nailon, *Tiene un vestido demasiado bonito,* suspira Maria, se lamenta, gime, *una pena que lo agujereen los gusanos,* mi mano se quedó allí años y años y mi cuerpo también y el cuadro se quedó también allí, en la espiral de años.

Salí luego a un valle, llevaba una vara en la mano y dibujaba círculos en el agua y llegó un hombre de rostro agradable, me agarró por los hombros con sus manos calientes, *Cómo te llamas,* le pregunté, *Mi nombre es Papá, soy muy viejo,* tenía unas cejas grandes que le llegaban hasta las pestañas, *no te enfades jamás, así es la vida,* me dijo, *así es la vida,* y la arena de su puño se escurría entre sus dedos y entonces me convertí en nuestra casa, en una especie de ermita antigua devorada por la carcoma, junto a la ventana de las paredes desconchadas y el cuadro de Kramskoi con un marco nuevo:

En torno a las once, sujetos por arneses de piel curtida bajo el agua y adornados con unas bolas de latón sujetas mediante sólidas hebillas de hierro engrasado, que esconden su nobleza y dignidad de otra época, los caballos se encabritaron de repente por la cresta llana del camino que conecta Nóvgorod y Moscú, el que parte de la Torre del Almirantazgo, para detenerse precisamente aquí, precisamente ahora, delante del Palacio Anichkov. El regreso a la avenida Nevsky, no antes del 5 de enero de 1883, la invitaba a una vida contra la que habría esgrimido las armas si no hubiera llevado con provocadora elegancia esos guantes suecos de una delicadeza extraña, traídos de un París anhelado por las esposas de los aristócratas rusos, ávidas de la última moda. El sombrero Francis con plumas blancas y el abrigo negro con lazos azules hasta las rodillas, petrificados en el corazón de un San Petersburgo esculpido en hielo y bruma, ofrecían una efímera insinuación de calor. Ningún gesto habría traicionado con tanta precisión ese rastro de violencia espiritual, cultivada en la intimidad con orgullo y firmeza, como aquella mirada orgullosa, suspendida en el contorno de un lápiz, que con un solo parpadeo habría derribado todos los edificios. No era sino una falsa invitación a la inmortalidad. Kramskoi sabía que estaba viendo por última vez a aquella dama sin camelias, cuyo rostro iba a provocar en la muchedumbre rumores y admiración, iba a acallar las habladurías de los duques y de los empresarios, de los banqueros y de los escritores, de los mecenas y de los estudiantes de arte, de las cortesanas caprichosas y de los descendientes de noble abolengo, que se atragantaban y se ahogaban con una curiosidad casi extraña y una y otra vez le imploraban que no pronunciara:

—La he cre… La he creado.

Retrato de una mujer desconocida,
Ivan Kramskoi

y

luego pasé de ARHIVARIUM en ARHIVARIUM,

donde estabas tú, como estarías al cabo de los años,

y crecimos solo nosotros dos sobre esqueletos de coral,

a la luz,

y entonces

di otra vez con una casa donde

en la primera pared colgaba un cuadro de Van Gogh,

los cipreses cubrían el cuadro de negro, verde y marrón,

en largas capas de pintura,

en largas pinceladas hacia el cielo pintado en espirales,

las nubes se mueven como unas gallinas marrones

que se comen unas a otras y

en un cuarto de hora

sus cáscaras se abren dejando que la yema

se transforme en sol,

para entrar luego en la habitación donde

las paredes se alargan en un pasillo infinito y al final estoy yo en un sillón viejo con las piernas cubiertas con un paño de algodón tejido en el telar escuchando un recital de Mahler aunque no soy melómano y tampoco músico frustrado pero de todas formas lo escucho para convencerme de lo frágil que es la vida ▮, tan frágil como un trozo de carne con la superficie dorada y tan jugosa por dentro que te dan ganas de clavarle los colmillos como un perro hambriento que solo así consigue todas las vitaminas y minerales y tú

te metes entre las cortinas de terciopelo negro arrastrándolas hacia el lucero y dejando que caigan al suelo suavemente blanqueándose y convirtiéndose en montones de nubes y luego y luego y luego con las falanges de más de diez centímetros arrastrado por la emoción me coges del pelo y luego de la barbilla y me empujas de vuelta a lo largo del pasillo y en tus ojos veo el fondo ███, ahí está su fondo

pero los dedos o mejor las falanges descienden hacia el cuello y me dejan marcas y solo ahora comprendo que tú me dejaste en la boca el signo de Capricornio que yo consideré un unicornio con toda la textura de tu destino y me dijiste que tuviera paciencia hasta que viniera él quién viene ███ él y me indicas que me calle y todas las lágrimas fluyen hacia el interior humedeciendo mis huesos y salinizándolos hasta que se me seca la fosa del saco lagrimal

y me dices que han muerto todos los poetas y todas las rimas se han transformado en sales de baño y solo nos queda el vacío y mi voz cocinada en aceite de girasol y que resuena en la radio como hace siete años anunciando de día que va a cambiar el tiempo ███ y por la noche que te deja que desnudes mis caderas como hoy en el otro extremo del mundo y de todos solo quedas tú y de todos solo quedas tú y de todos solo quedas tú y me elevas al cielo.

Quince

Unos jirones de bruma azul se habían depositado sobre Toltre. El viento desgarraba en tiras el campo exhausto. En el vacío se oía tan solo su eco como unos disparos de escopeta silbando y agitándose bajo los aleros de madera a punto de reventar. Busca los mejores perdigones, se oía. Busca los mejores perdigones, se respondía. Dispara sin esperar la orden, se oía. Dispara sin esperar la orden, se respondía. Me desperté agitada. Salté de la cama y empecé a buscar maquinalmente los medicamentos, la manzanilla, las hojas de tilo, de cola de ratón. La habitación me pareció más vacía aún, y junto a la cama encontré un cenicero repleto de colillas. Las ventanas estaban inmóviles como unos párpados cansados y sin maquillar, carentes de vida.

La casa parecía una bola rota antes de Navidad. No le quedaba ni pizca de brillo. Las cortinas amarillas estaban arrancadas y tiradas por el suelo. Un bochorno salado brotaba de todos los tejidos. La silla de mimbre yacía rota, destrozada.

Bajé al sótano.

El agua había cubierto las escaleras y en ella flotaban los vestidos de mi madre. Vestidos de nailon, vestidos de terciopelo, vestidos de seda.

Cerré la puerta con el cerrojo y recogí la ropa, las mantas, las toallas y las metí en las grietas. Estaba terriblemente asustada. Sabía en lo más profundo que era un día distinto a los demás. Estaba sucia, tenía las uñas rotas.

Subí luego al salón donde dormía Maria. Dormía tranquila, como en los buenos tiempos. La desperté y le dije que el viento había arrancado los pilones de madera y el agua subía rápidamente por las escaleras. Arrastraba todo lo que encontraba a su paso. Se llevaba sillas, leña, vestidos y libros. *Hay que sacar los caballos* y se vuelve loca, empieza a buscar algo, a abrir armarios, cajones y ventanas. *La Otra, ¿dónde está la Otra?*, y corre de una habitación a otra. La Otra estaba tumbada en el suelo al fondo del pasillo, inmóvil, pálida, con la frente grasienta, envuelta en decenas de mantas.

Nos calzamos deprisa y salimos.

Era sábado. El último día de diciembre.

La tierra fangosa engullía nuestros zapatos como una ciénaga voraz. Nos costó abrir el cerrojo de la puerta y entramos en la antigua escuela. Los portones estaban entreabiertos. Maria me indicó lo que tenía que hacer y cómo sacar a los caballos. Cuando abrí la puerta, vi a los animales tumbados en el suelo. Maria se abalanzó sobre el garañón negro. Este yacía sin aliento en el suelo húmedo y duro. Se arrodilló visiblemente emocionada y permaneció así varios minutos. Yo me apoyé en la pared y las lágrimas empezaron a fluir, por fin, hacia afuera. En aquel instante entró también la Otra. Lanzó un grito breve y se dirigió al otro caballo. Las manchas en forma de rana se habían multiplicado y en algunos puntos la carne fresca afloraba entre las grietas de la piel. Hilos de sangre morada y purulenta se escurrían hasta el suelo. La Otra sacó el cepillo y comenzó a cepillarlo en un silencio sepulcral y a cubrirlo con todos los trapos, las toallas, los paños. Tenía las manos llenas de sangre. Maria vio que la puerta contigua estaba entreabierta y por ese motivo el agua y el viento se habían colado dentro. Se puso de pie. Agarró el picaporte para cerrar la puerta y nos llamó. En la estancia contigua, solo se veían los pies de la viajante balanceándose sobre la puerta. Veíamos lo que calzaba todo el año: las botas de *cowboy*, con tacones de capas de piel, con unos pespuntes uniformes y unos entredoses pegados a lo largo de la caña de la pierna. La punta estaba reforzada con metal y sujeta con clavos de madera y, en lugar de cremallera, unas correas amarillas y cadenas.

El cuerpo de la mujer colgaba pesadamente delante de la ventana. Con una cortina amarilla se había hecho un lazo que se había puesto alrededor del cuello o tal vez *alguien la ayudó*. Su cuerpo se balanceaba horriblemente, movido por el viento, tieso como un tablón, sujeto a las barras metálicas. Justo enfrente de la ventana junto a la que se había colgado, reinaba un espejo redondo del que pendía una pancarta en la que ponía algo en un idioma extranjero.

Era un día con el cielo desinflado. No teníamos fuerza, ni edad, ni palabras. Al cabo de un rato, mis tías la descolgaron de la cuerda. Olor a muerte fresca. El rostro de porcelana, fino y blanco, estaba ahora hinchado como una manzana asada. La frente parecía a punto de explotar. Llevaba una camisa con las mangas recogidas. Estaba manchada de sangre. La arrastraron por el barro espeso acumulado en el suelo, con agua, tierra y lluvia.

Acostaron su cuerpo en el tablado, junto a los caballos. Enseguida la cubrieron con una manta. En el establo se notaba un intenso olor a heno. Humedad. La lluvia goteaba sobre nuestras cabezas y unos hilillos de barro se me escurrían por la cara.

«¿Tienes miedo?», me preguntó Maria. No le respondí, pero me temblaba todo el cuerpo. «Tendremos que llamar a un cura», dijo la Otra. «¿Y qué le vas a decir?», le reprochó Maria. Me asaltaron toda clase de ideas. Me sentía mal. Estaba mareada, pero feliz de que no hubiera venido mi madre.

Maria sacó del bolsillo el paquete de tabaco. Se lio un cigarrillo rosa, en forma de caramelo. Le temblaban las manos. Lo aspiraba con toda su alma. Se sentaron las dos en el suelo y fumaban pasándose el cigarrillo. No decían nada. Todo sucedía en un silencio húmedo. Solo la naturaleza seguía ofreciendo señales de vida. Los álamos se doblaban bajo el cielo. Volví a ver, después de tanto tiempo, una bandada de cornejas negras volando en forma de ocho, *¿qué busca el invierno en Toltre?*

El agua penetraba lentamente en el interior de la estancia. Se extendía dócil y cuidadosa alrededor de los cadáveres como un abrazo sincero. Infantil.

«Parecía una joven agradable», dijo la Otra. Escondió la cara entre las manos y sollozó hipando. Se oía un ruido sordo en el horizonte. Desde los aleros, la lluvia caía al suelo. Era alargada.

«Ileana, tal vez podrías irte a casa unos diez minutos», me sugirió Maria.

Tenía la sensación de que todo había acabado. La obedecí.

Me fui corriendo a mi habitación. Me senté junto a la ventana. Creo que en aquel momento no comprendía lo extraña que era la situación en que nos encontrábamos. Me dije que tenía que haber una salida. No podía explicarme su gesto, si es que era suyo. Ciertamente, como decían mis tías, parecía una mujer agradable.

Diecisiete

La pala penetraba con dificultad en la tierra, aunque estaba bastante húmeda y emitía un ruido curioso. Cavaba con tesón, pero la tierra se pegaba a la pala y el agujero volvía a llenarse de agua. También la Otra cogió la pala y, en un determinado momento, comenzó a vaciar el agujero con las manos. Trabajaban ambas con tenacidad. Llevadas por la desesperación, se pusieron de rodillas y sacaban la tierra con las uñas. Hacían pequeños surcos que se llenaban al momento de agua y hojas secas. Se arrastraban casi a cuatro patas. Luego se recogieron las mangas con los dientes, *no me quedan fuerzas*. El viento soplaba impetuoso y solo podían resistir dobladas, con la cabeza pegada a la tierra. La luna era grande y redonda. Estaban envueltas en sendos abrigos verdes, cada una con un pañolón en la cabeza. Al cabo de un rato, cedieron y dijeron que tendríamos que trasladarnos hacia la roca, junto al bosque de pinos, donde no nos encontrarían ni los perros.

Maria bregó para colocar de nuevo el cadáver en el carrito. En el campo no se veía un alma. Ese día los perros no se mueven. Cubierto con varias mantas, empujan el carrito con mucha dificultad. Avanzamos despacio, dejando unas huellas profundas, con el viento de frente. Finalmente, recorrimos una parte del camino. El aire áspero nos azotaba las mejillas, como si las cortara con un hilo. Nadie decía nada. El vacío había penetrado en todos los cuerpos, vivos y muertos. Maria tenía los ojos hundidos, asustados. Yo tenía la impresión de que nos hallábamos las tres en el fin del mundo. Encontramos un lugar apacible, tranquilo. El cadáver de un zorro que parecía haber sido tiroteado colgaba de un pino. Estaba desollado. Dejaron el carrito y comenzaron a cavar un hoyo profundo cerca de la roca, en el barranco entre las orillas del pueblo, bajo un sauce. Era un sitio asqueroso. Lo apoyaron en un árbol.

«Si la dejamos así, la esparcirán los halcones», dijo Maria.

Escarbaban la tierra y le decían al cadáver: «Descansa en paz, te enterramos bien hondo para que no te encuentren ni los gusanos».

Yo me quedé cerca y vigilaba por si aparecía algún chavalillo. El cuerpo de la mujer estaba envuelto en varios cobertores, y en la cabeza le pusieron una bufanda de mohair, una de mi madre.

Con gran dificultad consiguieron cavar una fosa de casi un metro. El tiempo parecía detenido. Todo lo de alrededor estaba adormecido, incluso el dolor. Todas las casas junto a las que habíamos pasado estaban cerradas a cal y canto. Nadie esperaba noticias.

—Un poco más todavía —dijo Maria.

—Un poco más —repitió la Otra.

* * *

Se quitaron las chaquetas y me las dieron para que las sujetara. Yo tenía mucho frío. Empezaron a cavar de nuevo con movimientos rápidos. Luego tiraron las herramientas y siguieron con las manos. Con las rodillas, con los codos. El paisaje era verdaderamente desolador. La lluvia caía despacio y el viento había amainado. Las gotas caían en intervalos de tiempo bastante largos. Maria se detuvo en un determinado momento y miró el cielo. Se echó a reír a carcajadas. Se sentó en la tierra recién excavada y se tumbó de espaldas. La Otra seguía cavando. Estuvo así varios minutos, mirando hacia arriba. La fosa iba cobrando forma, gracias a Dios. Luego escondió la cara entre las manos y se echó a llorar desconsoladamente. Las lágrimas desaparecían al instante, como si se las tragara la arena. La Otra la tomó en brazos. Tenía las uñas el doble de largas. Allí al lado se veían unas tumbas antiguas, con cruces de piedra. Parecían unas barcas estropeadas, pequeñas, olvidadas en un rincón de la orilla. El mar, como si estuviera allí, soberano y aburrido, reflejaba en su superficie los fantasmas que disfrutaban de la luna nueva, como si una nueva época se hubiera refugiado en sus faldones llenos de agujeros. Las cornejas se balanceaban de nuevo en el cielo. Giraban graznando como si presagiaran algo. El sol no se veía, pero nubes de vapor caían al suelo como soldaditos. El rostro de Maria estaba manchado de tierra. Permanecimos así varios minutos, yo esperando a que ellas acabaran. Yo había empezado a temblar.

Tenía la sensación de estar en el fin del mundo, junto a un mar. Donde el sol parece pegado con conchas, los pescadores y la gente abandonan sus barcas, que crujen a

derecha-izquierda, derecha-izquierda, derecha-izquierda
sobre el agua viscosa, un agua que se hará añicos, porque
el agua es astuta como un zorro. La voz de Maria resonaba como una iglesia, sobre todo como una torre de iglesia
sin campana. Tenía el cabello suave Maria, y el sol que
parecía una luna, un cura sin sotana, aparecía lentamente
del tamaño de una nuez verde, del tamaño de un nido
de avispas, de un cardo mariano, de una yema de huevo.
Estaba en el cielo, en el amanecer.

Al cabo de un cuarto de hora, me dijeron que me fuera
a casa para no enfriarme. Me dijeron que se las apañarían
ellas solas. Sobre la tierra, lechosa, se había posado la niebla. La lluvia había amainado. Debido a la niebla, la llanura parecía inmensa. Aquí y allá, la tierra era pedregosa
y la pala entraba con dificultad. Pero las mujeres la sacaban con las manos. Con los dedos largos, secos, lasti-
mados hasta hacerse sangre. Los dedos duplicados con el
lodo. El agua embarraba la fosa, pero ellas aguantaban.
Hasta que se ensanchó lo suficiente. Era tan grande que
pensé que cabríamos todas en ella y todas las lluvias y la
roca y las casas y Toltre y la ciudad prometida y nuestros
sueños y nuestras vidas de después. La Otra dijo que aquí
hubo una mina de yeso. La tierra de abajo era blancuzca
y frágil. Al parecer las rocas se vieron dañadas por los
trabajos de explotación de la mina de la que extraían la
valiosa piedra caliza. Las crestas más altas y más espec-
taculares quedaron muy desfiguradas por las excavacio-
nes. Observadas desde abajo, no se podía apreciar. Maria
contempló el paisaje triste, cubierto de escarcha. El sauce
deshojado, las rocas, los grandes trozos de piedra, la gra-
villa cenicienta, la correhuela rota. Sentí que me invadía
una ternura infinita. Sentía la tentación de tumbarme en

medio de la llanura y cubrirme con ramas de sauce. El aire era venenoso.

Tenía las manos frías.

Subí sola hacia la cima. Ellas iban quedando atrás, se convertían en puntos. En velas derretidas. Cuando volvía la cabeza, veía su ropa, luego sus gorros y, finalmente, distinguí sus bufandas de lana. Las bufandas se deshilachaban y cuanto más me alejaba, las veía subir más y más arriba, tan arriba que no las abarcaba con la mirada. Como aquel día en que vinieron adonde la Señora. Me parecía estar viéndolas llegar en bicicleta y una nube de humo denso las cubre. Mis pasos se hicieron muy pesados. Tenía la impresión de que iba a caerme en una zanja. Cuanto más me acercaba a casa, más miedo y desesperanza sentía. Caminaba despacio como un gigante en sueños. Pisaba como si tuviera las piernas atadas. Avanzaba despacio como aquel invierno con mi madre. Aquel invierno en que me daba miedo que nos pillara la nevada. El invierno en que mi madre me dio un trocito de chocolate para reanimarme. El invierno en que sentí cómo me desprendía de ella, cómo, sin embargo, me agarraba. *Camina, Ileana,* me dijo, *camina por la vida elegante, como una muñeca rota,* me dijo entonces mi madre. Me di cuenta de que era otra vez enero, pero qué bien que no hubiera venido mi madre. No sentía ya las piernas y caminaba como un cadáver en el azote del viento. Se había pegado a mis plantas el mundo entero, con todas las casas y las enfermedades, con los bosques reverdecidos y los hospitales acongojados. Levantaba un pie y me tiraba hacia abajo como un imán. El viento me agrietó los labios. Sentía en la lengua un hilillo de sangre. Delicado, un sabor a hierro. Avanzaba despacio, arrastrándome como un caracol. Me parecía que mis pies se hundían hasta la corteza de la tierra.

La lluvia cesó.

Entré en la casa y subí a la habitación de Codruţa. No tenía fiebre y sus mejillas parecían más coloradas. La abracé con fuerza y me eché a llorar. *He tenido un sueño muy feo esta noche.* Me preguntó si se había marchado la mujer. Le dije que se había marchado de buena mañana. Se ha marchado muy lejos, y yo voy a tener que partir en busca de mi madre. Codruţa se arrebujó más aún en el edredón. Le llevé una taza de agua. La bebió lentamente hasta apurarla.

Me dirigí al salón y me envolví en las cortinas amarillas. Contemplaba el techo desde abajo y me pareció que era más alto. Las ventanas eran más anchas. Luego me metí en mi habitación. Estuve sentada en el borde de la cama hasta que me calmé. Luego me di cuenta de que me dolían los brazos y de que estaba sudando. ¿Ha muerto mi madre?, me pregunté. Empecé a rezar: ma-ma-ma-ma-ma-ma.

Hablaba sola. Cerré los ojos. La veía a través de las pestañas. A través de las hebras de mohair.

De una manera u otra, al principio absorbes el dolor lentamente; después, con una sed enfermiza y vampírica, lo cabalgas con habilidad y timidez, incluso aunque te envuelvas con todo el pasado, que a veces te pincha. Permaneces desnudo y febril hasta que llegan los días que te estrujan, languideces y te conviertes en un feliz disimulado. *No te quejes nunca por nada,* me habría dicho mi madre. El sol es como un limón, levemente deforme y con manchas, luego se afina y el cielo se extiende hacia arriba y se deja caer como un techo extensible traslúcido y luego impreso con las bandas trazadas por los aviones, que unen ciudades terrestres en el cielo. En el universo somos tan insignificantes como un grano de arena, *la ausencia de pruebas no es la prueba de la ausencia,* me habría dicho mi madre.

De cualquier manera, estamos solos, la hierba sale de la tierra púrpura, *no debería ser verde,* le pregunto, *rojiza es más bonita, se parece a ti cuando te ruborizas por dentro.* Las manos —las manos—, las manos tienen dedos largos, casi falanges, con una me sujeta durante años. La piel se estiraba marrón, como la cáscara de las castañas asadas, las bolsas debajo de los ojos se le llenaron de una luz rosada, mi vestido de seda se volvió de un rosa flamenco, azul claro, rojo carne, amarillo limón. Las nubes se descuelgan sobre nosotros como las tetas repletas de leche de una vaca gorda, *las vacas son mis animales preferidos,* me dice mi madre. El viento nos araña el rostro, pero no deja huella.

Pero no deja huella.

Dieciocho

Me despertó un repiqueteo en la puerta.

En el umbral me esperaba un hombre muy alto. El hombre parecía cartero o, más bien, revisor de tren. Pantalones, chaqueta, corbata y gorra. Tenía un rostro afable y ojos de armiño. Es el primer hombre con ojos de armiño, nunca había visto a un hombre con ojos de armiño. No consigo recordar su voz, creo que no tenía nada que decir. Pero su chaqueta y sus zapatos estaban llenos de barro, señal de que había venido andando. Le invité a entrar porque llovía de nuevo. Y las gotas no se rompían contra la superficie de madera de delante de la casa, sino que se desperdigaban en muchas gotitas, gelatinosas, de mercurio.

Sin embargo, no dijo nada.

Me trajo un sobre negro con una postal en la que ponía en ruso *Тбоя мамь умерла. Приезжсай скорее.*

A
R
H
I
V
A
R
I
U
M

recuerdo el pasillo largo y frío y la casa llena de gente y aquellos ojos taladrándome y a mi madre *dormida* y la ausencia de mi padre y aquellas mujeres que me adoptaban y luego llegó la añoranza y el sueño de abrazarte hasta romperte y la casa con muchas primaveras y todas las maldiciones y las copas rotas y nuestros días y el largo lamento con ojos de seda, he dicho largo, ¿pero cómo es realmente? y solo tú, solo tú te quedarás aquí, durante otro cuarto de siglo y qué quedará después, pero quién sabe, tal vez los breves textos del *Esquire* y tal vez las novelas y las casas inglesas y la añoranza póstuma y las guerras y ese camino de sentido único, porque ese día destruyó todo rastro de orgullo y me quedé allí, bajo el cuadro de Ivan Kramskoi, bajo los relojes de papel derretidos, que vuelven volando, por el cielo, como la Bella volando de Chagall, y nuestra casa de Chisináu es una ermita antigua devorada por la carcoma y qué nos ha quedado incluso aunque hayamos creído en el amor sino la ropa de los ladrones y de los rateros, de los caídos y quemados en todas las encrucijadas, mordiendo los montes y rompiendo los vínculos, te ruego, te ruego, te ruego, te ruego, te ruego, te ruego, te ruego, te ruego, te ruego, te ruego, te ruego, te ruego, te ruego, te ruego, te ruego, te ruego, te ruego, te ruego, te ruego que me busques.

Índice

∾

LA SUGERENCIA DEL EDITOR

∾

TATIANA ȚÎBULEAC

El verano en que mi madre tuvo los ojos verdes

Traducción de Marian Ochoa de Eribe

«Un extraordinario e insólito relato dedicado a la violencia del amor en familia. El amor contrariado, lleno de resentimiento, es contado con una enorme maestría por Țîbuleac.»

—Mercedes Monmany, *ABC Cultural*

www.impedimenta.es

Aɴɴᴀ Sᴛᴀʀᴏʙɪɴᴇᴛs

Tienes que mirar

Traducción de Viktoria Lefterova y Enrique Maldonado